Quand j'étais capitaine

Bernard Clavel

Quand j'étais capitaine

ROMAN

Albin Michel

IL A ÉTÉ TIRÉ DE CET OUVRAGE
SOIXANTE EXEMPLAIRES SUR VÉLIN CUVE PUR FIL DE RIVES
DONT CINQUANTE NUMÉROTÉS DE 1 À 50
ET DIX, HORS COMMERCE,
NUMÉROTÉS DE I À X

© Éditions Albin Michel, S.A., 1990
22, rue Huyghens, 75014 Paris

ISBN 2-226-03986-4 (volume broché)
ISBN 2-226-03987-2 (volume relié)
ISBN 2-226-03988-0 (volume luxe)

à Nanette et à Charlotte
qui se souviennent,

à Jules Roy
qui les reconnaîtra,

B. C.

Où sont-ils ces beaux militaires
Soldats passés où sont les guerres
Où sont les guerres d'autrefois ?

GUILLAUME APOLLINAIRE

I

Vieux camarades

— MON pauvre Charles, tu n'as jamais aimé vivre à borgnon !

Léa laisse sa canne contre le bras du voltaire qui se trouve dans l'encoignure et fait jouer l'espagnolette. La fenêtre résiste un peu puis cède d'un coup. Une vitre vibre.

Il faudrait remettre du mastic. Quand la bise souffle, on sent passer l'air comme sous le pont du canal.

Elle pousse les persiennes et cligne des yeux au grand soleil. Son visage ridé garde une noblesse qui fait d'elle une femme encore belle. Son œil clair flambe de vie. Posées sur la barre d'appui en fonte, ses longues mains maigres n'osent pas empoigner le métal froid. Les articulations des doigts sont légèrement déformées par l'arthrite, mais les ongles sont soignés. Léa porte une alliance très mince et une autre bague où étincelle un petit solitaire. Sur sa robe noire toute droite et sévère, pend, à une fine chaîne en or, une minuscule médaille de la Vierge.

De cette croisée du premier étage, on découvre l'avenue de la Paix où passent des voitures qui vont vers la place Grévy. A l'heure matinale, peu de véhicules circulent dans l'autre sens. Entre les branches tordues des platanes élagués aux moignons luisants, le regard plonge dans un vaste jardin méticuleusement tenu. Léa contemple un moment les allées bordées de buis taillés court, les massifs encore fleuris, les arbres fruitiers noirs sur leur tapis d'or et de rouille.

Dire que Charles se faisait du souci pour le jour où on construirait en face! Le voilà parti, et il n'en n'est même pas question.

Léa demeure quelques instants à respirer en regardant le ciel, puis, sentant la fraîcheur, elle se retire.

Elle repousse la fenêtre qu'elle accroche sans la fermer complètement, et se retourne lentement en prenant la fine canne noire à bec d'argent qu'elle utilise à l'intérieur de son appartement. Elle n'est pas infirme, mais souffre de douleurs dans les genoux. Le docteur Tillieu trouvait son cœur beaucoup plus fatigué que celui de son mari. Mais, ce que disent les médecins, il faut en prendre un peu et en laisser pas mal!

Son regard inspecte lentement la pièce. Comme à la découverte d'un monde inconnu, il s'attarde sur les gravures, la bibliothèque, les vieux classeurs verts écornés. Le front se plisse sous les cheveux gris tirés vers un chignon serré. Un léger tic agace sa lèvre supérieure qui se froisse vers la gauche. Son nez se fronce tandis que sa gorge émet un curieux petit bruit de cartilages frottés l'un contre l'autre.

Léa quitte le bureau dont elle referme la porte doucement. Elle gagne l'extrémité de l'étroit couloir, ouvre un placard profond où elle allume une faible ampoule sous un abat-jour bordé de perles multicolores. De nombreux cartons empilés occupent tout le fond du réduit. A droite, sous une planche portant des boîtes plus grandes et une valise brune, sont suspendus des vêtements d'homme et de femme, des cannes et des parapluies. En face, quatre planches inclinées montrent une importante collection de chaussures.

La vieille dame prend sans hésiter une paire d'assez forts souliers noirs à boucles de cuivre, quitte ses pantoufles et se chausse sans s'asseoir, avec une adresse des jambes et une souplesse du dos qui ne sont guère de son âge. Elle enfile un manteau noir léger, puis se coiffe d'un chapeau haut de fond et très étroit de bord. Une voilette descend devant ses yeux. Elle choisit une canne plus solide, à poignée recourbée en corne claire et à virole de cuivre rouge. Elle éteint la lampe et repousse la porte sur cette obscurité qui sent fort un mélange de lavande, de cire et de naphtaline.

Dans le vestibule, elle va jusqu'à un petit meuble étroit où elle prend son sac à main et un trousseau de trois clés. Son œil, qui semble vraiment scruter tous les recoins, passe une rapide inspection.

— Allons, en route !

Sa voix est nette, un peu comme si elle lançait un ordre, mais avec une certaine élégance dans la manière.

Après avoir fermé les deux verrous de sécurité et enfoui son trousseau de clés tout au fond de son sac, elle lance un regard inquiet à la porte voisine. Son tic de gorge paraît énorme dans ce silence.

Léa descend avec beaucoup de précautions. Parvenue au palier du demi-étage qui prend jour par le verre martelé de la porte des cabinets, elle s'arrête le temps de regarder encore vers le haut. Rien ne bouge. Léa paraît soulagée.

Au rez-de-chaussée, elle fait deux pas dans la direction de la porte qui se trouve en dessous de la sienne, s'arrête. Ses lèvres remuent comme si elle suçait un bonbon. Léger haussement des épaules, petite hésitation puis, comme sur un ordre impératif, demi-tour rapide et silencieux direction : la sortie.

Au débouché du large porche qui permet de passer sous l'immeuble pour aller de la rue à la cour, Léa prend à droite. Tournant le dos à la place Grévy, elle s'éloigne du centre de la ville. Aux piétons qui la saluent, elle répond par un petit sourire et un bref hochement de tête.

Après l'avenue des Gaubert et la voûte de pierres sales sur laquelle montent la garde les séphamores aux yeux rouges du chemin de fer, le trottoir plus étroit est désert. Les voitures moins nombreuses roulent plus vite. Léa va de son pas assuré et parfaitement régulier.

Tout de même, certaines gens n'ont pas pour trois sous de bienséance. Venir le lendemain des obsèques lui demander si elle a l'intention de garder son garage ! Il faut un certain aplomb.

De toute manière, l'automobile de cet énergumène couche dehors depuis plus de deux ans. Alors, cette fichue mécanique a pris l'habitude, elle ne risque plus de s'enrhumer...

Quand on n'a pas de quoi loger sa voiture, on va à pied... Bien sûr, que Léa va le garder, son garage !

17

Que pourrait-elle faire du fourbi qu'il y a dedans ?
Un brocanteur ? Naturellement qu'un brocanteur
débarrasserait tout ça. Il ferait même une belle
affaire !

Indignée, elle s'arrête, regardant à droite et à
gauche comme pour prendre à témoin les maisons
et les jardins, puis repart, toujours furieuse.

Il n'y va pas avec le dos de la cuillère, ce mufle-
là ! Ça lui paraît peut-être des vieilleries sans
intérêt, mais elle y tient, à ses vieilleries. Il ferait
beau voir qu'on les lui enlève. Elle est encore
capable de se défendre ! Et comment donc !

Léa s'anime. Son poing gauche crispé reste collé
contre son manteau à cause du sac qui pend à la
saignée de son bras replié, mais la main droite se
lève de temps en temps. Les doigts serrent toujours
la canne, excepté l'index qui se tend pour une
menace. Cependant, le pas reste tout à fait régulier,
même lorsque la canne ne touche plus le sol.

Parvenue devant la grille du cimetière, Léa
s'arrête et semble un instant s'interroger. Un
haussement d'épaules, un mouvement de tout le
corps exactement comme si elle voulait se retrouver
à l'aise dans ses vêtements, elle suspend sa canne à
son avant-bras gauche le temps de poser sa main à
plat sur son chapeau. Un déplacement à peine
perceptible et le chapeau est parfait. La gorge
grogne. Léa reprend sa canne de la main droite et
passe la petite grille avec beaucoup de dignité, sans
un regard pour la maison du gardien ouverte
derrière un étalage de plantes en pots.

18

Elle progresse à peine plus lentement ici que sur le trottoir. Sa canne a un balancement toujours régulier. Il semble que le caoutchouc trouve à chaque déplacement l'endroit parfait où se poser sur les graviers. Les lèvres de la vieille dame avancent, s'entrouvrent, remuent, mais nul son n'en sort.

À l'endroit où se dresse le monument aux morts, au centre d'une double couronne de tombes toutes pareilles, Léa oblique à gauche et prend la première allée transversale. Son regard fixe le mur où cette allée va buter. Elle marche ainsi un bon moment avant que son regard ne se porte sur sa droite, vers une pierre grise, dont seul le devant émerge d'un amoncellement de fleurs fanées. Elle ralentit encore puis, lorsqu'elle n'est plus qu'à une dizaine de pas, elle accélère. Sa canne a à peine le temps de toucher le sol.

Une croix de granit délavé domine les gerbes tassées d'où monte un relent de pourriture. Une grosse couronne bandée d'une écharpe tricolore semble écraser le reste.

Léa ferme un moment les yeux. Deux larmes coulent sur ses joues, s'arrêtent aux rides, hésitent, puis reprennent leur chemin. Le menton s'est plissé, les lèvres remuent. Un souffle en sort :

— C'est trop tôt...

Un long moment passe. Le silence est troublé par de lointains bruits de voitures. Dans un pré invisi-

19

ble, une vache meugle. Très haut, un avion de ligne traverse l'espace et son grondement n'en finit plus de décroître.

Léa demeure figée. Ses paupières se sont rouvertes sur un regard plus sombre, habité de lueurs dures. Du bout de sa canne, elle soulève une gerbe flasque d'où neigent quelques pétales. Au pied de la tombe, un lézard paraît, hésite et avance jusqu'à l'angle où il s'immobilise un instant avant de filer vers la pierre voisine derrière laquelle il disparaît.

Léa qui l'a suivi des yeux revient aux fleurs fanées qu'elle contemple un moment d'un air absent. D'une voix faible, un peu tremblante, elle murmure :

— Mon pauvre Charles... l'Afrique, c'est loin !

Elle exécute un quart de tour à droite et reprend sa marche. Ses yeux sont un peu plus rouges que tout à l'heure, ses lèvres sont pincées, peut-être sur des mots qu'elle a du mal à retenir.

Léa se promène en silence entre les tombes durant un bon moment.

Ce matin, le cimetière est presque désert. Deux marbriers qu'elle ne connaît pas travaillent à mettre en place un gros caveau. Elle s'arrête pour les observer : un compagnon dans la trentaine et un apprenti tout juste sorti de l'enfance. C'est seulement lorsqu'elle se met à parler qu'ils interrompent leur besogne pour se tourner vers elle.

— Vous faites un beau métier, messieurs.

Le plus âgé répond, avec un accent italien très prononcé :

— Au moins, on travaille pour des clients qui ne sont pas à la veille de déménager.

Léa hoche longuement la tête avant de demander :

— Et je parie que vous ne les connaissez même pas.

L'homme a un geste du menton pour désigner l'énorme pierre rose qui luit comme un miroir :

— Sûr que j'ai jamais bu l'apéro avec eux. Du pognon, y doivent en avoir un paquet, dans cette famille !

Léa émet un bref ricanement et lance avec mépris :

— Oui, un gros paquet, qui ne date pas de vieux et qui ne doit pourtant pas sentir bien bon.

Le marbrier n'a pas le temps de répondre, déjà elle a pivoté sur ses larges semelles en faisant crisser le gravier. L'air dominateur, le menton en avant, elle reprend sa route et marche en regardant les tombes à droite et à gauche.

En tout cas, ce n'est pas à ceux-là qu'elle viendrait tenir compagnie. Elle a assez de connaissances ici sans aller se fourvoyer avec des parvenus.

Léa change plusieurs fois d'allée, un peu comme pour se promener, sans but précis. Elle reste un moment devant une tombe récente. Dans la terre, on a enfoncé trois vases où se fanent des fleurs blanches.

Quatre ans et quelques semaines, c'est bien

jeune pour s'en aller... Peut-être que cette gosse s'est épargné bien des misères. Allez savoir !

Laissant ce tertre, Léa tire vers le haut du cimetière en changeant deux fois d'allée pour finir par obliquer à droite après avoir lancé un coup d'œil vers la gauche :

— Ma pauvre Lolotte, je suis trop fatiguée pour monter te voir aujourd'hui, mais je vais revenir, va. Tu sais bien. Et plus souvent qu'à mon tour.

Léa marche jusqu'à atteindre l'ombre de trois gros pins dont les racines ont soulevé un énorme monument funéraire. Il y a un banc de pierre sur lequel elle s'assied. Contemplant la chapelle inclinée dont la grille de guingois ne protège plus que des vases vides et les débris de plusieurs pots de fleurs, elle soupire.

Elle a toujours bien aimé cet endroit. Ceux d'ici sont plus tranquilles que ceux du bas. Et ils ont une belle vue.

Entre les croix, on voit les toitures brunes de la vieille ville dominées par la masse aux fortes épaules du clocher de la collégiale. Léa se repose un moment, les yeux mi-clos, avant de reprendre l'allée qu'elle suit jusqu'à une dalle de marbre bleu. Ici, une seule inscription très nette. Léa s'immobilise et lit sur un ton qui fait penser à l'appel des troupiers dans une cour de caserne :

— *Commandant Lourmet Amédée, 1876-1945 !*

La canne plaquée contre son manteau, les talons joints, la veuve Moureau se tient raide, le menton haut, le regard fixé sur la croix de marbre qui surmonte la dalle.

— Salut, commandant! Te voilà content. Ton vieux copain est avec toi. J'aurais bien voulu le mettre plus près, mais que veux-tu, la concession existe. Ma mère s'y trouve depuis 1926. C'est pas d'hier... Près de toi, mon pauvre Amédée : rien de libre. Et puis, la terre pour les morts, elle n'est pas donnée, de nos jours!

Léa regarde autour d'elle. Son attitude se relâche légèrement; la canne s'écarte et le poids du corps se porte vers la droite. Le visage inquiet se détend.

— Je ne me fais pas trop de souci : pour deux marcheurs comme vous, ça n'est pas une affaire. Vous aurez vite fait de vous retrouver.

Son regard court en direction de la tombe de son mari qu'elle ne peut voir d'ici. On dirait qu'elle cherche entre les croix la silhouette de deux officiers bondissant par-dessus les dalles pour se rejoindre. Elle sourit comme si elle venait de les découvrir. Puis son visage redevient grave. Un gros soupir soulève sa poitrine plate. Dans un souffle, elle énumère :

— Biskra, Sousse, Gabès, Fondouk-Djedid, Bou-Saada, Sidi-bel-Abbès, c'était autre chose!... Pas la porte à côté, comme tu disais, commandant Lourmet.

Elle tourne la tête à droite et fixe un moment le bout de l'allée avant de se décider à partir. Accordant son pas à la cadence de sa chanson de marche, d'une voix de plus en plus chevrotante, elle essaie de fredonner :

> *Les campagnes d'Afrique*
> *J'en ai plein le dos*
> *On y marche trop vite*
> *On y boit que de l'eau.*
> *Travadja la moukère*
> *Travadja bonno.*
> *Trempe ton doigt dans la caf'tière*
> *Tu m' diras si c'est chaud...*

Elle s'interrompt et tente de faire la grosse voix :
— Pas ton doigt... On n'est pas au catéchisme !
Elle essaie de poursuivre :

> *Ouh la la c'est chaud*
> *ça me brûle le derrière*
> *Travadja la moukère...*

Un mot l'étrangle. Un brouillard passe devant ses yeux. Elle s'arrête quelques instants. Son menton tremble. Un petit rire sec la secoue qu'elle laisse s'éteindre avant de se diriger vers la grille que le gardien vient d'ouvrir en grand, comme pour le défilé d'un régiment.

LA cour est ensoleillée comme en plein été. Au fond, par-delà une barrière déglinguée et une petite grille peinte au minium, le jardin d'Henri Gueldry porte déjà une toison qui annonce l'hiver. Dominant les herbes et quelques salades montées, des roses et des dahlias égrènent un petit carillon lumineux.

Pauvre Lolotte ! Si elle voyait son jardin dans cet état !... Léa l'a répété cent fois à son vieux maboule de beau-frère : Il ferait mieux de le donner à cultiver. Il a peur qu'on lui brûle sa terre avec du chimique. La terre, quand on lui en mettra deux mètres sur le ventre, on ne lui demandera pas si elle est chimique.

— Vieux serin, va !

Léa grimace en direction de la petite maison grise qui se trouve au milieu de cet immense jardin presque en friche, puis elle va ouvrir le cadenas de cuivre des deux vantaux de bois du dernier des six garages dont le bâtiment ferme le côté nord de la cour. Elle peine un peu, essaie de tourner la clé dans le mauvais sens.

C'était toujours Charles qui ouvrait. Ça risque d'être pareil pour pas mal de choses, maintenant qu'il n'est plus là.

Elle y parvient pourtant et tire le vantail de droite qu'elle rabat contre le mur dont le crépi boursouflé s'effrite par endroits. Elle s'immobilise sur le seuil. Un vieux foulard gris sur sa tête. Son chignon fait une grosse bosse. Sa blouse noire à chevrons blancs est serrée à la taille. Léa se tient un moment sans broncher, légèrement penchée à droite où sa canne lui offre un bon point d'appui. Elle contemple le bric-à-brac qu'elle a sous les yeux comme si elle le découvrait.

Même si elle voulait sous-louer son garage, ça ne serait pas à ce malotru. Mais ça ne risque pas... Comment se défaire de tant de choses ?

Elle avance d'un pas, le seul qu'elle puisse accomplir sans buter.

Premier obstacle : deux bicyclettes noires d'un modèle assez ancien, l'une pour homme, l'autre pour femme.

Évidemment, elle pourrait les vendre. Mais pour en tirer deux fois rien. Autant les garder ; ça ne mange pas d'avoine !

Léa les empoigne l'une après l'autre et les conduit dehors, contre la porte où elle les appuie avec précaution. Sa canne heurte le métal, les roues libres cliquettent et ce bruit minuscule résonne en son cœur comme une musique de fête.

En ont-ils fait, du chemin, tous les deux, sur ces vieilles machines !

Il lui semble qu'une bonne odeur d'eau envahit soudain le garage tandis que son regard se porte sur un fagot de cannes à pêche debout contre une pile de gros cartons ficelés.

La pêche, c'est bien fini. Elle ne risque pas de s'y aventurer sans lui.

Elle s'approche d'une antique valise en cuir posée sur une malle noire sertie de métal rouillé. Le fermoir de la valise claque. Le couvercle résiste un peu avant de s'ouvrir sur deux cartons à chaussures qui tiennent presque tout l'espace.

Ça, elle va le monter. Elle sait ce que c'est. Ça n'a rien à faire dans un garage si mal fermé.

Elle boucle la valise qu'elle tire et va poser à l'entrée.

Les graviers crissent sous un pas. Un petit homme à casquette portant une veste de laine grise sur un long tablier bleu s'avance. Il a une main dans sa poche ventrale. Il est encore à trois pas au moins lorsqu'elle lui lance :

— Jetez votre mégot ! Je n'ai pas envie que vous me foutiez le feu dans mon garage.

La moustache blanche du petit vieillard se soulève sur une bouche édentée. Il rit.

— Ça ferait un beau feu, votre fourbi !

— Mon fourbi, mon pauvre Henri, il vaut bien les cochonneries que vous entassez dans votre remise.

Henri écrase entre son pouce et son index l'extrémité du mégot qu'il glisse dans la poche de son tablier.

— Je vous ai vue arriver, je me suis dit : elle a peut-être besoin d'aide. Je suis venu. Mais je constate qu'avec vous, on est toujours bien reçu.

— Merci, Henri, vous êtes bien aimable. Je jette juste un coup d'œil.

Le vieux Gueldry examine les bicyclettes.

— On dira ce qu'on voudra, mais les vélos de cette époque, c'était autre chose que ce qu'on fait aujourd'hui.

— Voyons, Henri, ça ne sert à rien d'être toujours à grincher contre le progrès.

— Oh! faut pas croire, je suis un homme de progrès. Si vous voulez savoir, j'ai été le premier de la ville à rouler sur un grand-bi. Je l'ai encore quelque part au grenier de la remise...

Avec beaucoup d'autorité, Léa l'interrompt.

— Pour le savoir, je le sais. Faudrait que je sois sourde pour l'ignorer, vous avez bien dû me le dire deux mille cinq cent douze fois !

Henri hausse les épaules et s'avance sur le seuil du garage. Il serre ses lèvres minces. Son menton monte très haut. Il hoche légèrement la tête pour remarquer :

— Sûr qu'il y en a, du matériel !

Désignant du doigt un large bassin de zinc planté vertical entre deux panières d'osier, il a pour Léa un regard où perce un peu d'ironie.

— Comment est-ce que vous appelez ce truc-là déjà ?

— Un tub, mon cher Henri, un tub. J'ai bien dû vous le dire vingt fois. C'est pour les ablutions lorsqu'on n'a pas la possibilité de prendre un bain.

Le vieil homme laisse fuser un petit rire qui plisse tout son visage maigre et allume un éclat de malice dans ses yeux clairs.

— Ça m'a toujours fait rigoler, ce machin-là !

— Il n'y a pourtant pas de quoi. L'Afrique, vous savez, ce n'était pas de la nougatine !

— Justement, quand je pense que vous avez transbahuté un cuveau de cette taille pendant des années dans un pays où on ne trouverait pas de quoi arroser un plant de salade !

Léa commence à sentir monter sa colère. Cinglante, elle réplique :

— Eh bien, figurez-vous que pendant toutes nos campagnes, je me suis toujours arrangée pour pouvoir me laver. Et si on manquait de mulets pour la corvée d'eau, mon cher Henri, c'étaient les joyeux qui s'en chargeaient.

Henri fait mine de placer une réplique. Rien à faire. Léa tient le crachoir. Bien malin qui le lui arracherait.

— Et les joyeux, je les avais à l'œil. Un soir, j'en ai pris un à pisser dans un seau... Ça vous amuse ? Pourtant, croyez-moi, ce voyou-là n'a pas rigolé. Il a perdu tout de suite l'envie de recommencer. C'était crapule, racaille et gibier de bagne.

Léa s'est mise à parler de plus en plus vite, portée, poussée en avant par un souffle qui doit venir tout droit de l'immense désert brûlant. Le garage se peuplerait soudain d'une troupe d'hommes en treillis suant et peinant que ça n'étonnerait pas Henri Gueldry cloué sur place par ce déluge de mots :

— Pour de la gueule, ils en avaient, mais le courage... quand Charles en prenait un à part et disait : « Y a plus de galons, tombe la tunique si t'es un homme », les flambards préféraient s'allonger.

Henri profite d'un instant où elle a besoin de reprendre son souffle :

— Sûr que Charles n'était pas manchot mais moi, des malins, j'en ai maté aussi...

Plus haut, pour le contraindre au silence, Léa reprend :

— Mon tub, on l'a embarqué à Marseille sur un vieux rafiot qui puait la graisse de machine et le pissat de moutons ! Une infection ! J'étais malade à en crever ! Dégobiller tripes et boyaux jour et nuit... Pas un bateau, un crapaud de mer !

Le ton vient de se modifier. Comme si la houle de la Méditerranée était plus douce que le vent de sable sur les dunes du Sahara. Puis Léa se tait pour se baisser et soulever la jupe de velours vert très passé qui recouvre un guéridon.

— Vous n'aviez peut-être pas la belle vie, remarque Henri, mais pour transbahuter votre fourbi, quand vous n'aviez pas les joyeux, il y avait les sidis. La main-d'œuvre ne vous coûtait jamais bien cher.

Léa se redresse lentement. Elle a posé une main sur ses reins et grimace un peu avant de répliquer :

— La main-d'œuvre, quand on sait la prendre...

— Évidemment, quand on est adjudant...

Léa fait front, comme piquée d'orties.

— L'adjudant, il a fini capitaine. Avec trois blessures, quatorze citations. Le Nichan-Iftikhar, la Victoria Cross, la Légion d'honneur et la médaille militaire !

Henri se retire d'un pas. Timidement, il dit :

— Je ne voulais pas parler de ce pauvre Charles... Je pensais à vous.

Léa s'est retournée, un caleçon à la main. Son regard est glacial. Ses joues tremblent. Sa voix siffle lorsqu'elle réplique :

— Vous pouvez rigoler, va ! Des sidis, j'en ai eu à mon service, c'est sûr. Ça filait doux. Mais j'en connais pas mal qui ont pleuré en me voyant partir. C'est tout ce que j'ai à vous dire.

Le vieil homme semble hésiter un instant, comme une troupe qu'effraie un obus. Pourtant, d'une petite voix timide, il ose se risquer :

— Et à présent que vous vivez où il y a de l'eau en veux-tu en voilà, votre truc, il reste en rade.

Méprisante, Léa hausse les épaules. Sa voix grince :

— Vous savez très bien que ma cuisine est trop étroite ! C'est tout juste si je peux y mettre ma cuvette. Mais je suis tout de même mieux lavée que bien d'autres qui ont le luxe.

Le bousculant un peu au passage, elle sort vivement.

31

— Ôtez-vous de là, que je rentre mes bicyclettes.

Le garage refermé, elle empoigne la valise et s'éloigne sans un mot. Le vieil homme la suit des yeux un moment avant de rallumer tranquillement son mégot.

Arrivée dans le bureau de Charles, Léa pose la valise sur une chaise. Ici, elle sera tranquille. Si quelqu'un venait, elle le recevrait à la cuisine.

Elle va fermer la fenêtre, revient à la table de chêne foncé et lustré, déplace vers la gauche le sous-main, un petit plumier noir où sont deux crayons, un stylo et un coupe-papier en cuivre rouge dont le manche représente une croix de guerre. Elle hésite devant des chemises écornées d'où débordent des feuillets de différentes couleurs puis, les prenant avec précaution, elle les dépose sur un petit meuble fait de quatre planches et de deux rayonnages. Des dossiers y sont empilés et ce classeur sommaire surchargé s'est incliné sur la gauche.

L'ancien colonial était devenu un très bon comptable, mais pas bricoleur pour deux sous. Chaque fois qu'il voulait planter un clou, ça tournait à la catastrophe. Tout juste si on ne devait pas appeler les pompiers.

De la valise, Léa tire une première boîte qu'elle apporte sur le bureau.

Dire qu'ils n'ont jamais voulu classer tout ça !

La boîte est entourée d'une petite ficelle. Léa s'acharne un moment sur le nœud très serré au risque de se casser les ongles.

Des bouts de ficelle, elle doit bien en avoir de quoi faire le tour du département !

Elle hésite tout de même avant de prendre les ciseaux dans le tiroir de gauche du bureau.

C'est de la très bonne cordelette. Ma foi, tant pis !

Léa fait un petit geste de la main comme pour signifier qu'elle se moque de tout, que plus rien n'a d'importance. Son visage est détendu. Le rire semble vraiment au bord de ses lèvres. Elle se sent légère, toute jeune, presque guillerette.

Les ciseaux tranchent en deux endroits. Léa tire la ficelle de dessous la boîte et la laisse tomber dans la corbeille à papier vide.

Et hop, ça débarrasse ! On s'encombre toujours de vieilleries, c'est de la foutaise. Quand on allait d'un bled à l'autre avec des chameaux et des mulets, au moins, on savait ne pas se charger de cochonneries inutiles.

A l'instant où ses mains soulèvent le couvercle de carton, son regard se métamorphose. La lueur de joie disparaît. Son tic qui la fait froncer du nez s'accentue.

Sans oser y porter la main, elle contemple un moment le fouillis de menus objets qui emplit la boîte. Il y a là une fourragère tressée vert et rouge dont l'extrémité de cuivre est ternie.

Tout cela a bien besoin d'être briqué.

Sa main s'avance lentement vers une plaque en forme de croissant. Le moulage des deux pointes représente des feuillages d'on ne sait quelle plante et des fruits plus petits que ceux du gui ; sur la partie centrale, un médaillon ovale porte cette inscription en relief :

Soldat de la Grande Guerre - 1914-1918.

Elle contemple un moment en silence ce hausse-col avant de le poser sur la table pour extraire de la boîte une grenade d'or surmontée d'une cocarde tricolore : un ornement pour le képi. Le plumet doit être en son étui, dans l'autre carton.

Léa se retourne et tire le fauteuil où elle s'assied du bout des fesses. Elle sort encore une chaînette d'épée en acier avec mousqueton et crochet. Tout est complet. Terni par le temps mais en parfait état.

Ses mains plongent pour retirer lentement une curieuse boîte qui a un peu la forme d'un 8 légèrement écrasé. Un lacet la ceinture qu'elle détache facilement. Sous un couvercle en bois très mince dont les arêtes sont renforcées par une bande de tissu collé, dorment tête-bêche deux épaulettes argent à bande rouge. Elle les laisse en place, se bornant à retirer de la boîte une coiffe blanche de képi. Ses doigts qui tremblent très légèrement renouent la double boucle du lacet, puis, comme elle incline le petit coffre pour le remettre en place, son regard tombe sur l'étiquette collée à son extrémité. Elle fronce les sourcils et éloigne l'objet pour mieux lire :

A et V.T. et Cie. Paris.

En dessous de cette inscription imprimée, une belle écriture moulée a tracé :

Lieutenant Infanterie. Raie tissée 5.

Puis, une ligne plus bas, une écriture moins soignée :

E. Peyrusse 85.

Léa répète plusieurs fois à mi-voix ce nom et ce numéro.

Charles avait dû échanger sa boîte. Ce Peyrusse, ça ne lui dit rien. Et Charles n'a jamais été au quatre-vingt-cinq ! C'est curieux ; elle n'avait pas remarqué cette étiquette. Surprenant, comme des choses importantes peuvent vous échapper ! Léa n'aurait pourtant pas à se forcer beaucoup pour dresser la liste des gradés qui servaient avec Charles. A cette idée, son regard se fige soudain. Une liste complète ferait un beau cimetière militaire !

A Sidi-Bou-Sli, Charles était le plus jeune sous-off du bataillon. De ceux-là, il ne doit pas en rester lourd ! A peine de quoi constituer une garde au drapeau.

Léa demeure un long moment le visage soucieux, l'œil perdu dans des lointains plus lumineux que la tapisserie fanée de cette pièce. Puis, soudain fatiguée, elle s'adosse, les mains à plat sur ses cuisses. Son regard quitte le mur pour venir se poser sur le carton ouvert où l'on voit des pipes en bois et en terre, des objets de cuivre découpés dans des douilles d'obus et guillochés.

36

Après un long moment d'immobilité, Léa s'avance du buste et sort une grosse boussole munie d'une chaînette à laquelle pend un curieux insecte découpé dans du métal blanc.

Inutile de lire l'inscription qu'il porte :

Cafard de Médenine.

Les joyeux offraient ça aux gradés à leur arrivée pour leur dire : « Ici, tu auras le cafard comme nous. »

Et c'est vrai, Médenine... c'était dur !

Elle se lève lentement. Serrant la boussole dans sa main, elle marche jusqu'à la fenêtre et laisse son regard se perdre vers le ciel. Tout se brouille. Elle demeure longtemps avec le petit cafard qui se balance au bout de la chaîne où il est accroché depuis tant d'années.

Venue du fond de l'aube triste qui s'éternise, une petite bise aigrelette s'aiguise contre les arêtes du porche sous lequel elle s'engouffre en grinçant. C'est un endroit où l'on peut toujours s'attendre à rencontrer la mort. La cour est déserte. Deux garages déjà sont grands ouverts et vides. Leurs portes que l'on n'a pas pris soin d'accrocher vont et viennent au vent.

Léa hausse les épaules en passant devant pour aller ouvrir sa propre remise. Elle cale le vantail avec un poids de cinq kilos que Charles avait apporté ici spécialement pour cet usage. Elle sourit en pensant à la facilité avec laquelle il manipulait cette masse de métal qu'elle a toutes les peines du monde à soulever de terre.

Après un coup d'œil rapide à la maison d'Henri où tout semble encore dormir, Léa se faufile entre les bicyclettes et les caisses. Elle s'est habillée pour sortir et prend garde à son manteau. Elle se remet à fouiller, sachant à peu près ce que contient chaque valise, chaque carton. D'ailleurs, tout est étiqueté. La plume appliquée de l'ancien officier a dressé des listes complètes de vêtements et d'objets. De plus en plus inquiète, Léa fouille et inventorie.

Elle s'interrompt soudain après avoir déplacé une grosse pile de vieilles revues ficelées en deux paquets. Derrière, sous une étagère chargée de boîtes de clous et d'outillage, apparaissent trois casques. Deux français et une grosse gamelle allemande lourde comme une brouette de pavés. Sous les casques, deux musettes, des ceinturons, un baudrier avec un étui à revolver vide.

Léa se contente de tout examiner mais laisse en place. Elle se redresse, passe des yeux l'inspection de ce qu'elle n'a pas déplacé.

Un fusil, elle le verrait, ce n'est pas pliable, tout de même !

Ayant refermé avec soin les deux portes, Léa reprend sa canne et regagne lentement l'immeuble d'habitation. Elle a le regard baissé, persuadée que des curieuses l'épient de chaque croisée.

— Henri, c'est sûr qu'il va m'envoyer aux prunes, si je lui demande de creuser. Sûr comme deux et deux font quatre !

— Un temps sauvage comme voilà tournerait à la neige que ça ne me surprendrait pas. Je risque de rester quelques jours sans venir te voir.

Léa se tient immobile devant la pierre où sont collés des pétales de fleurs et des feuilles.

La vieille femme est très emmitouflée. Le cache-nez de laine brune qui fait trois fois le tour de son cou monte jusqu'à son chapeau de feutre noir qu'elle a enfoncé le plus possible. Le col de son manteau est relevé, ses mains sont dans des mitaines épaisses. Elle a pris sa plus grosse canne, pas élégante, mais à toute épreuve, avec une pointe ferrée. Sa main droite serre le bois avec force. Cette tenue engoncée, cette coiffure dont la visière est pareille à celle d'un casque, cette canne massive que Charles a traînée de Verdun aux Dardanelles, et même cette bise noire qui miaule comme du soixante-quinze en se frottant aux croix la transportent.

Salonique, elle n'a pas connu, mais tellement entendu raconter que c'est exactement comme si les Turcs étaient là, derrière le mur du cimetière. Le

Chemin des Dames et le fort de Vaux, c'est la même chose.

— Mon pauvre Charles, c'était pas de la tarte !

Un frisson la secoue. Elle se raidit encore, s'oblige à demeurer ainsi quelques instants puis, avant de s'en aller, elle promet :

— J'irai voir Henri, mais tu sais comme il est...

Elle s'éloigne de son pas de marche, maniant sa canne à la manière des gandins de jadis. Le cimetière est totalement désert.

Bien avant d'arriver devant la tombe de sa sœur, elle laisse fuser son mécontentement :

— Ma pauvre Lolotte, comment as-tu pu l'endurer si longtemps ? Je me le demande. Bien entendu, je vais aller le trouver. Mais je connais la réponse : « Je ne veux pas qu'on me bouleverse mon jardin ! » C'est couru d'avance. Tu parles, son jardin, dans l'état où il se trouve !

Elle s'immobilise enfin devant une dalle de calcaire du Jura où les pluies et la mousse ont aux trois quarts effacé d'anciennes inscriptions. Une troisième, beaucoup plus récente, est encore nette :

Héloïse Gueldry née Dargois 1887-1945

Léa s'accorde le temps d'un long soupir et d'un regard circulaire avant de dire :

— Ma pauvre Lolotte, voilà que Charles s'en est allé aussi. Mon Dieu ! Ce qu'il a pu te faire enrager !... Savoir si vous êtes dans le même secteur. Une cruche de ton espèce, bien entendu, ça file droit au paradis. T'es-tu assez tuée à la besogne pour ton maboule de garçon et ton égoïste de mari !

Celui-là, il n'arrête pas de gémir sur ses soixante-quinze ans. Il a bien de la chance. Tout le monde n'y arrive pas.

Elle se tait un instant, écrase du bout de sa canne une petite touffe d'herbe qui pointe à la base de la pierre grise, puis d'une voix moins assurée, elle reprend :

— Charles, je me demande si tu le verras arriver un jour. Il a tellement mangé du curé ! Pourtant, plus droit que lui, il faudrait aller loin pour trouver. Ça devrait bien entrer en ligne de compte. Des calotins à qui je ne confierais pas mes clés, il n'en manque pas !

Léa lance un regard hostile aux inscriptions que le temps a rendues illisibles.

— Ma pauvre Lolotte, tu serais mieux avec nous qu'avec ces vieux que tu n'as pas connus.

Elle se hâte de marmonner un Pater dont elle avale un mot sur deux, et amorce un demi-tour qu'elle interrompt lorsque son regard accroche la tombe voisine.

— Nestor Landon ! Chaque fois que je le vois ici, celui-là, ça m'amuse. Ma pauvre sœur, le jour où Henri viendra te rejoindre, il aura un bon voisin. Tu n'as pas fini de les entendre s'enguirlander !

Léa vient de manger un restant de potage et deux œufs sur le plat. Elle se sent tout à fait d'attaque pour aller voir Henri, bien décidée à ne pas le brusquer. Le laisser rabâcher un moment et après, tenter le coup.

Elle lave, essuie et range sa vaisselle, se chausse et s'habille comme elle l'était ce matin, reprend sa lourde canne et sort. Il est une heure. La montée d'escalier sent le ragoût. Elle descend sans faire de bruit. Derrière chaque porte, un appareil de radio débite des informations.

Depuis la disparition de Charles, le monde peut bien aller comme il veut, Léa s'en balance !

Sous le porche, la bise est plus tranchante encore que tout à l'heure. Léa traverse la cour d'un pas rapide, sans un regard pour la maison d'Henri. Il est assis là, et il guette. Il se tient à son poste d'observation et l'a déjà repérée.

— Vous pouvez croire que je me passerais bien de cette corvée ! Je le sais, ce que vous allez me dire. Je le sais comme si c'était déjà fait !

Léa ouvre la petite grille rouge qu'elle referme

43

soigneusement derrière elle. Reprenant sa progression dans l'allée qui file droit entre les dalles plantées en terre, elle examine les carrés où, il y a à peine deux ans, des légumes magnifiques alternaient avec des fleurs qui faisaient l'admiration de tout le quartier. Sans s'arrêter, elle cherche un indice, quelques traces. Un vieux fusil se dresserait soudain hors du sol pour dominer les herbes que ça ne l'étonnerait pas.

A vingt pas de la maison, elle n'a pas encore levé les yeux dans la direction de la fenêtre. Maintenant, c'est fait. Derrière la vitre trouble, elle devine un visage. Une main approche et essuie la buée. Un trou noir se forme, le visage avance puis se retire et disparaît. Léa va d'une traite au pied de l'escalier de pierre qui monte vers le petit perron. Avant de poser le pied sur la première marche, elle grogne :

— Vieux maboule, va !

Henri Gueldry est à sa place près de la fenêtre, le dos vers l'encoignure sombre de la petite pièce, les jambes allongées et les pieds posés sur la porte ouverte du four de la cuisinière. Il fait très chaud. La bouillotte chante. Léa s'est assise à l'autre bout de la table sur laquelle elle s'appuie d'un coude. Son manteau et son écharpe sont sur le dossier d'une autre chaise. Elle a gardé son chapeau, sa canne est dans l'angle près de la porte.

— Par cette bise, dit Henri, le bois file vite.

— Vous en avez sûrement pas mal dans votre hangar ?

— C'est une chance, à mon âge, je n'aurais plus la force d'en faire.

— Vous parlez toujours de votre âge, vous ne le paraissez pas.

C'est la première fois que Léa est aussi aimable avec Henri qui en reste un instant muet d'étonnement. Très vite, il profite de l'aubaine :

— Classe quatre-vingt-treize. Vous n'avez qu'à compter.

Mais il ne laisse à sa belle-sœur ni le temps de faire un calcul, ni celui de placer un soupir.

— C'était encore le tirage au sort. J'ai tiré le 158. Un bon numéro. Si personne ne l'a touchée, ma médaille doit encore se trouver dans le tiroir de gauche du buffet de salle à manger. Votre pauvre sœur serait là, elle me dirait : « Mais qui veux-tu qui l'ait touchée ? Ce sont des reliques qui n'intéressent personne. »

Il a un petit rire attendri et soupire :

— Elle appelait ça des reliques. Elle ne croyait pas de s'en aller avant moi.

— Elle avait bien raison, ce sont des reliques, mais chacun a le droit d'y tenir. Par exemple, moi, les effets de Charles...

Léa vient un instant de croire au miracle. Elle s'est imaginée posant déjà sa question, mais Henri l'interrompt :

— Charles n'a pas tiré au sort, lui. Ça n'existait plus. Et puis, il s'est engagé. Moi, en 93, ma mère venait juste de rester veuve avec la boulangerie sur les bras. Mon frère avait dix ans et ma sœur sept. Avec mon bon numéro, je n'avais qu'un an à faire. Vous parlez, la pauvre femme, si ça l'arrangeait !

Entre ses dents, Léa grogne sans rien perdre de son air aimable :

— Et nous voilà partis mon ami !

— Que voulez-vous, c'était une personne de son temps. Dure à la peine. Pour elle, le travail, c'était le travail. Et à ses yeux, faire le guignol derrière la clique avec un fusil sur l'épaule, ça ne ressemblait pas à du travail. Pas plus que de brasser des papiers dans un bureau.

Léa serre les lèvres. Si elle n'avait pas quelque chose d'important à demander, elle bondirait comme elle a toujours fait à ce passage d'un récit qu'elle connaît à la virgule près.

Est-ce que le vieux malin a senti ce qui se passe ? Il marque une courte pause comme s'il espérait son intervention. Rien ne vient, alors il repart :

— Seulement, voyez-vous, ma mère était loin d'être bête. Tout ça, elle le gardait pour elle. Quand on est dans le commerce, si on veut que ça fonctionne, c'est de ne pas avoir d'opinions. Et si on en a, c'est de les garder pour soi.

Il va un bon moment ainsi, exposant des idées qu'il prête à sa mère mais dont Léa sait bien qu'il les partage. Puis, il revient au fil de son récit :

— Toujours est-il que me voilà avec mon année à tirer. Et ma mère, ce qui l'intéressait, c'était que je reste ici. Elle savait bien qu'on avait l'habitude d'expédier les conscrits aux cinq cents diables. Elle s'était donc mis en tête de me faire faire mon temps au quarante-quatre, pour que je passe mes quartiers libres et mes permissions au fournil. Me voir traîner les rues et les cafés comme tous les militaires, c'était pas dans son idée.

Henri s'arrête pour se racler la gorge. Il tousse, se lève pour cracher dans le foyer de la cuisinière et mettre une bûche au feu. De son côté, Léa profite du bruit pour soulager ses nerfs tendus à craquer :

— Ma pauvre Léa, tu n'y coupes pas, te voilà bonne pour Rossigneux !

Henri reprend sa place et demande :

— Qu'est-ce que vous disiez ?

— Je disais qu'il ne fait pas chaud. Mais si la neige vient, ce ne sera pas mieux.

— C'est de saison... C'est bon, ma mère servait en pain le sergent Rossigneux. Un fameux bougre. Pas loin de deux mètres et une voix, je ne vous dis que ça. Vous êtes trop jeune pour l'avoir connu.

Avec beaucoup de malice dans le regard, Léa lance :

— C'est vrai, mais j'en ai souvent entendu parler.

— Sûr que votre mère devait s'en souvenir. Toute la ville le connaissait et je vous jure que celui qui l'avait vu une fois ne risquait pas de l'oublier. Quand le régiment partait en manœuvre, il se tenait en tête à côté du colonel. Le colonel disait : « En avant marche » pas plus fort que je vous le dis. Et Rossigneux aboyait : « Haaan-an-hache ! »

Pauvre amie! Tout à fait en queue de colonne, la cantinière l'entendait comme s'il avait braillé sous la bâche de sa carriole. Bref, je ne sais pas comment ma mère s'est arrangée, toujours est-il que Rossigneux m'a fait affecter au quarante-quatre.

— A mon avis, elle a dû lui faire le bon poids sur son pain et lui offrir quelques brioches, dit Léa qui fait un effort considérable pour ne pas raconter, en l'abrégeant, la fin de l'histoire.

— Vous avez sans doute raison... C'est bon, je me retrouve à la caserne. Pour moi qui avais l'habitude des journées de dix-huit heures depuis l'âge de dix ans, le clairon à six heures, c'était la belle vie.

Léa ne peut retenir un sec :

— Si vous aviez été en Afrique!

— Ça ne risquait pas de m'arriver... Toujours est-il que la première semaine, on nous mène au gymnase. Le cabot moniteur ne me connaissait pas. On s'aligne. Les plus grands en tête. Moi, j'étais de loin le plus petit. Le cabot va à la barre fixe, fait trois tractions. Ses pointes de pieds étaient même pas tendues. En concours, je lui aurais donné un point, et encore. Le voilà qui gueule : « Dans une semaine, je veux que vous m'en fassiez dix à la file. » Il y avait pas mal de paysans costauds en diable, mais tellement lourds du pantalon que c'est tout juste s'ils pouvaient se pendre à la barre. Le cabot les insultait. Tout le monde rigolait. Le lieutenant arrive. Un grand pète-sec qui se battait les guêtres à coups de badine. Quand vient mon tour, le cabot fait : « Celui-là, faut aller chercher une échelle, si on veut qu'y touche la barre... » Pauvre amie ! Ça pouvait rire. Moi : pas de gymnaste, tête gauche devant le lieutenant, garde-à-vous sous l'appareil et me voilà embarqué : allemande, allemande piquée, tour d'appui, grand élan, équilibre, trois tours de lune, changement de mains, trois tours en grand soleil, sortie avec double saut périlleux et arrivée en belle au bout du tapis, à deux pas du lieutenant.

Là, le vieillard s'arrête. Son souffle est plus court. Sa voix s'est mise à vibrer et son menton s'est plissé. Son œil humide cherche sur le visage de Léa une lueur d'admiration. Un écho de ce qu'avaient dû montrer le lieutenant, le cabot et les conscrits de la classe quatre-vingt-treize éberlués. Mais rien de semblable ne paraît. Léa demeure figée, avec juste un léger accent d'ironie dans son œil brun. Elle soupire :

— Pour moi, tout ça, c'est du chinois, vous savez. Ce que je comprends, c'est qu'il y avait une barre et que vous tourniez autour.

Henri fronce ses épais sourcils gris. Il prend sur son oreille un mégot filiforme qu'il allume avec un briquet de cuivre. Il garde le briquet refermé dans sa main droite et se met à le faire tourner entre ses gros doigts. Léa sent qu'il est au bord de la colère. Elle ne veut pas s'être dérangée pour rien. Alors, faisant appel à toute sa diplomatie, muselant son envie de lancer d'un trait la fin de l'histoire, elle demande :

— Et votre lieutenant, qu'est-ce qu'il a dit ?

Le visage d'Henri se détend. Sa moustache jaunie à gauche par le tabac frémit d'aise :

— Le lieutenant ? Il se tourne vers le cabot et il lui fait : « Dites donc Morillon (le cabot s'appelait Morillon), je crois bien que vous pouvez remiser votre échelle. » Tout le monde rigolait. Même le cabot qui était pas mauvais bougre, au fond. Le lieutenant se tourne vers moi : « Dites-donc, qu'il me fait, vous sortez d'un cirque, vous ? » Pas le temps de répondre. Rossigneux qui baguenaudait d'une escouade à l'autre s'approche : « Non, mon lieutenant, qu'il fait. C'est un de la Jurassienne. C'est tous de forts gymnastes. » Le lieutenant ne répond pas. Pour lui, même un Rossigneux, ce n'était qu'un sous-off. Comprenez-vous !

Agacée comme chaque fois par cette réflexion, Léa ne peut se contenir :

— Ne croyez pas que les officiers méprisent leurs inférieurs. Surtout ceux qui sortent du rang.

— Ça ne devait pas être le cas de celui-là. Fils de famille. Ça se sentait. Toujours est-il qu'il me conduit aux anneaux. Je venais de donner de la voltige, je me dis, tu vas lui montrer ce que tu sais faire en force. Renversement, planche arrière, planche avant, croix de fer et tout et tout.

— Toujours du chinois, grince Léa à mi-voix.

Henri ne l'a même pas entendue. Il va son chemin, soucieux seulement de ne laisser s'éteindre ni le feu dans sa cuisinière ni le fil de son

50

récit. C'est pourquoi il se lève pour recharger le foyer sans s'interrompre.

— Dès que j'ai fini, le lieutenant me dit : « Vous, mon petit, vous allez filer à Joinville. Seulement, faut en prendre pour cinq ans. Vous sortez moniteur. Si vous ne rempilez pas, vous êtes bon pour un poste dans une école. »

Là, comme chaque fois qu'il raconte cette histoire, Henri Gueldry s'interrompt un instant. Son visage s'assombrit. Léa est tentée de placer sa question, mais elle sent bien que c'est moins que jamais le moment.

Même s'il n'en parle pas, le vieil Henri est en train de s'éloigner à jamais de son rêve de barre fixe, d'anneaux, de cheval d'arçon et autres tapis de sol. Il revoit les grands défilés tout blancs dans la lumière des étés, le concours, les médailles, les villes pavoisées. Sa tête est pleine de roulements de tambour et de sonneries de clairon. Mais son regard qui vient de pétiller un instant s'assombrit de nouveau. L'éclat des cuivres est moins vif, les drapeaux ne sont pas encore en berne, déjà le vent de joie qui les soulève perd de sa force. Les clairons ne sonnent pas encore « aux morts », mais annoncent à Henri la fin de cette jeunesse qu'il s'est laissé aller à revivre un moment. Sa voix se ternit :

— Je me doutais bien que ça n'irait pas sur du velours. Le lendemain soir : quartier libre. Je file droit chez nous. J'entre par le couloir de derrière. Je jette un œil au fournil : c'était en ordre : levain mis, bois rentré, les dalles, le pétrin, le four, tout était propre. Je gagne l'arrière-boutique. Ma mère s'y trouvait à préparer des papiers à brioches...

Il s'arrête pour tousser et cracher. Léa n'a nulle envie de mettre à profit cette interruption pour intervenir. Quand l'ancien boulanger en arrive là, elle est malgré elle toujours un peu émue. La bonne odeur de brioche comme on n'en fait plus vient d'envahir la petite cuisine. Elle vous met l'eau à la bouche. La brioche d'Henri Gueldry, c'était quelque chose ! Léa ne le dit pas, mais elle le pense très fort et le passé qui remonte la remue profondément. Elle attend, presque un peu tendue, cette suite qu'elle connaît si bien et qui vient sans qu'un mot varie :

— J'entre. Ma mère me regarde de la tête aux pieds. Elle m'avait encore pas vu en tenue. Elle fait : « Ça te va plutôt bien. T'as presque l'air d'un vrai. » Moi, un petit peu encouragé, je me redresse, j'ôte mon képi, je l'embrasse et me voilà de prendre mon élan pour lui causer. Pas la peine ! Plus vive que moi, qu'elle était, la mère. « Te fatigue pas, qu'elle me fait. Ça te va bien, mais t'auras pas le temps d'y coudre des galons. Cinq ans au diable vauvert à faire le singe pendu à une barre de fer pour amuser les gradés. Non mais des fois, à quoi y pensent, ces gens-là ? C'est peut-être ton lieutenant qui viendra brasser la pâte. Ce serait du beau travail, avec des ostrogoths pareils ! Ton Rossigneux est déjà venu. Tout fier, qu'il était, cette grande bourrique à képi. On aurait dit qu'il avait jamais vu personne faire le guignol au bout de deux cordes. T'inquiète pas, tout grande gueule qu'il est, je l'ai vu repartir pas faraud du tout. Il en a même oublié son pain, que c'est le petit commis qui a dû lui monter. »

La fin du récit agace fortement Léa parce que les militaires de carrière n'y jouent pas un rôle d'autorité comme auraient fait ceux qu'elle a connus, ceux de son unité, les bataillons d'Afrique. L'envie la travaille de lancer : « Chez nous, une boulangère ne risquait pas de faire la loi ! » Ce qui l'empêche de se rebiffer, c'est la tristesse du vieux qui parle à présent de sa santé atteinte par une trop longue pratique du métier de boulanger. Elle le laisse aller au terme de ses plaintes, puis, redoutant qu'il n'entame un autre récit de son inépuisable répertoire, un peu trop brusquement à son goût, elle demande :

— Dites-moi, Henri, est-ce que vous vous souvenez où Charles avait enterré ses armes, au début de la guerre ?

La tête du vieil homme va de gauche à droite et de droite à gauche lentement à trois ou quatre reprises.

— Des armes ? Ma fois, je ne vois pas.

— Mais si. Il vous a demandé pour faire un trou dans votre jardin, quand les Allemands sont arrivés vers Paris.

L'œil du vieil homme s'allume et Léa se sent soudain gonflée d'espoir.

— Ce temps-là, vous parlez si je m'en souviens. Tout le monde foutait le camp. Les boulangers pliaient bagage et la ville allait manquer de pain. Un matin, le maire vient me trouver. Il...

Cette fois, Léa n'est pas disposée à écouter un autre classique. Elle se lève et porte la main vers son manteau :

— Enfin, vous ne voulez pas me dire où les armes sont enterrées. Vous préférez qu'elles pourrissent. C'est bon. Je n'en attendais pas moins de vous.

Henri se lève à son tour, rejetant un peu en arrière sa casquette crasseuse, il retire son mégot de ses lèvres pour lancer :

— Si je le savais, je vous le dirais. Si vous voulez fouiller, allez-y. Prenez une pioche et amusez-vous. Y a de quoi faire. Ça fera pas de mal à ma terre d'être remuée un peu !

Léa est médusée. Elle s'attendait à tout sauf à ça. Bien entendu, il le dit parce qu'il sait qu'elle ne le fera pas.

— Eh bien, d'accord ! Puisque j'ai la permission, je vais trouver des hommes serviables. Ils viendront creuser.

Elle a enfilé en hâte son manteau et fait trois tours autour de son cou avec son écharpe. Saisissant sa canne comme un hussard son sabre, elle sort à l'instant où le vieux Gueldry lui crie :

— C'est ça. Venez bêcher. Moi, j'avais enfoui mon vieux pistolet Lefaucheux à deux coups. Si vous le trouvez par la même occasion, rendez-le-moi. Je sais plus bien où je l'ai mis, ça devrait être pas loin de la pompe...

Furieuse, Léa lui a coupé sa phrase en claquant la porte.

Malin comme un singe, ce vieux filou! A le voir tel qu'il est, on le croirait à moitié endormi, va te faire fiche! Il sait ce qu'il veut. Mais tout de même, il y a plus futé que lui. Qu'il compte sur Léa pour aller payer des hommes qui lui bêcheraient sa friche. Et quoi encore? Peut-être lui semer et lui récolter ses légumes et les éplucher pendant qu'on y serait!

Elle se hâte comme si elle partait déjà de ce pas chercher quelqu'un qui vienne creuser. Ses connaissances sont passées en revue. Sur le coup vingt visages s'alignent qui se bousculent. Puis tout disparaît. Mais elle trouvera. Ce ne sont pas les bras solides qui manquent dans le coin! D'ailleurs, ils n'auront pas à retourner la totalité du jardin. On voit très bien où ça peut se trouver. A l'époque, tout était cultivé. Sa sœur était encore de ce monde. Ce vieux maussade a sûrement dit à Charles de faire un trou à côté de son hangar, dans ce coin où jamais rien n'a voulu pousser à part le chiendent.

Léa vient de refermer la grille qu'elle a repoussée de toute sa force. Elle reste un instant à se délecter du bruit que fait en vibrant la barrière déglinguée. Elle aimerait pouvoir la foutre par terre en soufflant dessus. Puis, l'envie lui vient de rebrousser chemin pour aller crier ses quatre vérités à son beau-frère. Finalement, elle se borne à grimacer en direction de la petite maison qui semble presque blanche sous le ciel sombre.

— Vieux Kroumir, va !

Les aurait-il récupérées pour lui ? Tout de même, ça serait étonnant. Égoïste, c'est sûr, mais pas voleur.

Léa regagne sa cuisine. Elle met sur le feu deux petits rondins de charmille et une pelletée de boulets.

Demain, il faudra monter du bois et du charbon. Ce sera plus pénible.

Une longue tristesse grise coule de la fenêtre et noie la pièce.

Il faudrait presque allumer à quatre heures. Qu'est-ce que ce sera en décembre !

II

Le Père Noël

DÉCEMBRE est arrivé. Sans neige. Sans grande froidure. Pluies et vents. Un enveloppement de mauvaises grisailles qui vous poussent leur humidité jusqu'au cœur des os. Il ne fait pas bon vieillir par des temps pareils.

Derrière les persiennes closes dès cinq heures, les veillées sont interminables pour Léa qui ne sort jamais le soir et ne reçoit que de rares visites, toujours brèves. Ceux qui ont encore leurs deux pieds dans la vie n'ont pas de temps à perdre. Quand on n'est plus rien sur terre, qui donc pourrait-on intéresser?

Il y a bien Henri Gueldry, mais il se couche plus tôt que les poules. Il économise son bois, son électricité et ses forces. Si seulement cette vieille ganache était capable de jouer à la belote ou au zanzi, mais va te faire fiche! Il n'a jamais voulu apprendre. Rien ne l'intéresse que d'insipides petits romans à deux sous qu'il doit avoir lus quarante-deux fois, et quelques numéros de *L'Illustration* à peu près de la même génération que lui. Classe quatre-vingt-treize, comme il dit. Ces vieux conscrits jaunis et dépenaillés lui rafraîchissent la mémoire. Ils l'aident à raconter le suicide du général Boulanger, l'affaire Dreyfus ou la guerre des Boers comme s'il les avait vécus. Encore, s'il y comprenait quelque chose ! Mais non, il ressasse. Il vous moud ce vieux grain passé avec l'air de vous annoncer une grande nouvelle. Pensez donc, Félix Faure qui est mort avec une dévergondée dans son lit !

— Vieux serin, va !

Léa va le voir par pure bonté d'âme. En souvenir de sa sœur. Ou quand elle a une raison précise de le faire.

Cet après-midi, elle s'y rend d'un bon pas, cramponnée de la main gauche à son parapluie que la bourrasque voudrait lui arracher. Se déplacer avec un parapluie et une canne, ce n'est pas une sinécure...

— Vous n'amenez pas le beau temps, dit Henri en guise de bonjour.

— Non. Et ça ne m'amuse pas. Mais je vous apporte des nouvelles.

— Ah ! Ah !

— J'ai une lettre de mon neveu.

— Ah oui ! Lequel ?

Là, si Léa s'écoutait, elle sortirait en claquant la porte. Comme s'il ne savait pas de qui il s'agit !

— Qui voulez-vous que ce soit ? Votre garçon, parbleu. Je sais bien que les autres ne vous intéressent pas.

— C'est vous qui le dites.

Léa s'assied. Le temps qu'elle sorte la lettre de la poche de son manteau, on entend le tambour rageur de la pluie qui bat la charge sur les vitres. La lourde porte sonne sourd comme une grosse caisse voilée sous les poussées du vent.

Léa lit lentement la lettre de Baptiste qui parle de son travail, de sa femme et de ses trois enfants. Son aîné, Adrien, qui a neuf ans, a fait un dessin. Henri chausse ses petites lunettes à monture d'acier pour l'examiner.

— Ce gamin-là, il fait les maisons à peu près comme la mienne. Il aurait pu travailler avec cet imbécile de Landon...

Léa qui n'est pas d'humeur à entendre pour la quatre cent vingt-septième fois l'histoire de la construction de la demeure des Gueldry, ramasse le dessin qu'elle replie avec la lettre et boutonne son manteau en disant :

— J'ai du travail... une autre fois.

Et elle sort sans même dire au revoir. La porte refermée, tandis qu'elle se bat sur le palier avec son parapluie et sa canne, elle entend le vieux qui bougonne tout seul en tisonnant son feu.

Bien la peine qu'elle se dérange. Les nouvelles, ça lui glisse dessus comme l'averse sur le toit du clocher.

— Vieil égoïste, va !

Le regard au ras du bord dégoulinant de son parapluie, Léa lorgne en direction de la petite pompe brune dont le corps de métal est fixé à une ancienne traverse de chemin de fer fichée en terre. A côté, se trouvent de vieilles sapines serties de mousse. A peu près trente pas les séparent du hangar où sont le foin, les lapins, l'outillage et tout le foutoir du vieux ramasseux. C'est dans cet espace que Charles a enterré ses armes. Léa en mettrait sa main au feu, et Dieu sait pourtant si elle redoute les brûlures.

Chaque fois qu'elle passe par ici, son œil interroge le sol recouvert d'herbes jaunies. Elle espère toujours découvrir un indice, un mouvement de terrain qui trahisse une présence insolite. Mais non, Charles avait trop bien fait les choses, trop tassé la terre.

Au moins Léa ne cherche plus personne pour creuser. Une idée lui est venue au cours d'une insomnie. De quoi mettre le vieux dans une belle rogne ! C'est Baptiste qui creusera. Il va venir en vacances avec sa femme et les petits. Il a écrit deux

fois pour annoncer qu'ils arriveront avant Noël.
Pourvu qu'il ne fasse pas trop mauvais temps !
Comme Baptiste n'a rien à refuser à sa tante, il
creusera. En souvenir de son oncle qu'il adorait...
Et il trouvera !

— La tête du vieux Kroumir !

Cette pensée fait oublier un instant à Léa sa
solitude et la dureté des temps.

Léa est restée quatre jours sans venir voir Henri, mais, ce matin, en faisant ses commissions, ne sachant pas trop pourquoi, elle a acheté une petite brioche. Elle sait qu'il aime en tremper une tranche dans son café.

Elle vient lui apporter ce cadeau en se répétant qu'elle est trop bonne, que ce vieux fou ne mérite pas qu'on s'intéresse à lui.

Il fait gris. Un vilain temps qui traîne sur la ville une tristesse gluante. Léa n'a même pas un regard pour l'endroit où elle pense que sont ses armes. Elle monte. Il l'a vue arriver, c'est certain. Il passe sa vie le nez écrasé contre la vitre. Pas étonnant qu'il l'ait si gros !

Elle frappe.

— Entrez !

Elle ouvre avec l'envie de s'en aller manger sa brioche chez elle avec une tasse de thé brûlant.

— Ah ! Vous voilà !

Il n'a jamais su dire bonjour, ce rustre. Il dit : « Vous voilà », ou bien : « C'est vous. »

— J'ai pensé qu'une brioche vous ferait plaisir.

— Bigre! bien sûr que ça me fait plaisir.

— Oh, je sais bien qu'elle ne vaut pas celle que vous faisiez dans le temps, mais enfin...

Il remercie, ouvre le paquet, regarde, soupèse, tâte la couronne dorée. Avec une inclinaison de la tête et un petit air de fausse modestie qui agace Léa.

— Oh! il ne faut pas croire. Je ne suis pas le seul qui sache faire de la brioche.

Défroissant le papier qui l'enveloppait, il constate :

— Ah! c'est de chez mon successeur. Elle ne devrait pas être mauvaise.

Léa se tourne vers la porte et Henri se dépêche de dire :

— Asseyez-vous donc une minute.

— Je n'ai guère le temps.

— Juste une minute.

Elle a à peine fini d'enlever son manteau que, déjà, le vieux est parti :

— Je me souviens, dans les années d'après-guerre. Je parle de l'autre, bien entendu. Quand j'ai rouvert la boulangerie. Votre sœur serait encore de ce monde, elle pourrait vous le dire. Les gens avaient tellement enduré, qu'ils auraient voulu faire la fête tous les dimanches. Le vendredi, on avait jusqu'à trois femmes pour casser les œufs. Des pleines corbeilles à lessive.

— Sans compter les galettes, fait Léa qui connaît la suite.

— Je vois que vous vous souvenez, dit le vieil

homme d'un air satisfait. Les galettes au comeau, c'était encore bien là que j'étais le plus fort. J'en livrais partout, avec le cheval. Croyez-moi, il ne fallait pas pleurer sa peine. Levé à des minuits et pas couché le lendemain avant neuf heures du soir. Voulez-vous que je vous dise...

— Que je veuille ou non, souffle Léa.

— Eh bien, mon cheval connaissait les tournées aussi bien que moi. A bout de fatigue, je m'endormais sur le siège. Lui, il roulait tranquille. Devant chez les clients, il s'arrêtait. Et c'était l'arrêt de la voiture qui me réveillait. Pendant ce temps, votre sœur vendait au magasin. Les commis montaient se reposer, mais moi, je devais aller au bout de ma tournée. Et à minuit, c'était à recommencer. Il y a des fois où je me demande si les journées n'étaient pas plus longues qu'au jour d'aujourd'hui.

Un moment de silence s'enlise dans la grisaille qui ruisselle de la fenêtre, puis, comme Léa se lève, Henri la remercie encore et ajoute :

— Vous savez, j'ai réfléchi. Ça m'a même réveillé plusieurs fois. Vraiment, je ne vois pas où il a pu les enterrer.

Léa lance son écharpe autour de son cou d'un geste large :

— Ne vous en faites pas, on saura bien trouver !

C'EST le matin du 24 décembre. La neige est là depuis deux jours. Elle a amené le froid. Tant crie-t-on Noël qu'il vient ! Mais pas forcément avec un cortège de joie.

Léa s'habille chaudement. Sous son manteau d'astrakan, elle a enfilé une épaisse veste de laine bleue. Elle se sent un peu engoncée, mais elle s'en fiche. L'élégance, à son âge...

Elle a chaussé des bottes fourrées que Charles l'a obligée à acheter tout juste deux ans avant guerre. Elle prend sa canne ferrée qu'elle tient bien en main à travers un gros gant de mouton, et elle sort.

Sous le porche au sol de ciment propre, son pas est assuré. Sur le trottoir où des traces de neige alternent avec des flaques d'eau et de larges plaques de bitume étincelant, mieux vaut ralentir. Son pied hésite et cherche pour se poser les parties les moins glissantes. La pointe de la canne s'enfonce dans la neige croûtée où perce la glace qui s'étoile sous la morsure du fer. Devant certaines maisons, on a répandu des cendres. La municipalité devrait bien obliger tous les propriétaires à en faire autant.

Léa lance des regards de colère aux façades donnant sur des parties de trottoir où rien n'a été nettoyé.

Il faudrait foutre au gnouf tous les sagouins et les obliger à payer les jambes cassées.

A l'angle de l'avenue des Gaubert, deux hommes sont occupés à déblayer le caniveau. L'un tient une pioche, l'autre une pelle. Léa s'arrête pour les observer. Celui qui pioche est vêtu d'un manteau noir trop long et porte une casquette grise à oreilles. L'autre, qui se tient le menton sur ses mains croisées au sommet du manche de son outil, montre une trogne écarlate à laquelle un passe-montagne kaki donne un ovale presque parfait.

Léa commence à enjamber les tas de glace brisée. L'homme à la pelle lui empoigne le bras pour l'aider et l'accompagne jusqu'à l'autre trottoir. Elle le remercie alors qu'il repart entre deux voitures. Léa fait dix pas et s'arrête. Elle aurait dû lui donner la pièce.

Elle réfléchit quelques instants avant de reprendre sa marche. L'homme empeste déjà comme un alambic. Avec une pièce, il ira boire.

Encore dix pas. Ici, le trottoir moins fréquenté est très enneigé. Les pieds enfoncent, la marche est pénible mais la glissade moins à redouter. Un ciel uni file d'un bord à l'autre de la rue, poncé par la bise qui miaule plus aigu à mesure qu'approche le pont du chemin de fer. Mauvais secteur ! Ça vous siffle aux oreilles comme du soixante-dix-sept !

C'est pas le lieu pour s'éterniser. Ça n'était pas pire au Chemin des Dames ou aux Dardanelles.

Elle enfonce sa toque de fourrure sur ses oreilles et remonte son col le plus haut possible. Au moment où elle va quitter l'ombre du pont, un train passe et la voûte de pierre sonne. Un peu comme si l'artillerie lourde mêlait sa colère à celle des armes plus légères. Léa baisse la tête et accélère le pas, plantant avec rage sa canne entre les blocs de neige et de glace qui encombrent le trottoir à droite du sentier qu'ont tracé les godillots de quelques hommes de corvée. Des voitures passent lentement. Les pneumatiques chantent curieusement sur le sol. On croirait entendre le roulement des chariots du train des équipages.

Au cimetière, les allées n'ont pas été déblayées. Là aussi des traces de pas, mais plus rares.

Léa se donne le temps de souffler avant de poursuivre. Elle n'ira pas voir sa sœur. Ni le commandant Lourmet. Avec des allées pareilles !... Quelle honte pour une municipalité.

Il lui faut un bon moment pour atteindre la tombe de Charles. La neige recouvre la pierre. Nulle inscription n'est lisible. Lui, les mauvais chemins ne l'auraient pas gêné. Il en avait vu de plus rudes dans les Vosges et dans les Flandres. Seulement, à l'époque, il était encore jeune.

Arrêtée, le dos tourné à la bise qui la scie en

deux, la vieille femme respire profondément plusieurs fois avant de revenir sur ses pas.

Sa voix tremblote comme malmenée par la bourrasque.

— Noël... ce que je m'en fiche, de Noël, à présent !

Elle refoule un sanglot. Son index ganté écrase une larme sur sa joue glacée.

LA matinée est déjà très avancée lorsque Léa parvient à l'entrée de la rue de Besançon. Elle a beaucoup hésité à venir vers le cœur de la ville, mais, après sa visite au cimetière, n'a pu résister au désir de voir les devantures et le monde qui prépare la fête.

Ici, les trottoirs sont à peu près dégagés, mais le sel qu'on y a semé a transformé en boue ce qui reste de neige. Il faut se tenir le plus près possible des murs et des vitrines pour éviter d'être éclaboussé par le passage des autos.

Léa s'arrête pour contempler les victuailles, les vêtements, les livres, les jouets, l'outillage. Jamais il ne lui viendrait à l'idée d'offrir une paire de tenailles pour Noël. Le monde est étrange, tout de même.

Presque toutes les boutiques sont pleines. Il faut pourtant qu'elle achète quelque chose.

Après avoir longuement hésité, elle entre chez un maroquinier. Il y a quatre personnes avant elle, mais ça ne la gêne pas. Au contraire. Fatiguée, elle est heureuse de s'asseoir sur un canapé bien confortable tout près d'un gros radiateur de chauffage central. Elle quitte ses gants, ouvre son manteau et dénoue son cache-nez. La propriétaire du magasin qui l'a reconnue lui adresse un sourire.

Lorsque arrive son tour, elle va droit vers une vitrine où sont des blagues à tabac qu'elle a bien regardées. Son index raide d'autorité en désigne une.

— Celle-là !

— Vous ne voulez pas en voir plusieurs, madame Moureau ?

— Non. Je veux celle-là. Vous me faites un paquet cadeau.

La maroquinière remercie, dit que cette blague est un bon choix, donne des explications sur la souplesse de la peau. Léa n'a rien à faire de tout cela. Seul son propre jugement a de l'importance. Du cuir, elle en a vu. Et même plus que n'en verra jamais cette dinde ! Devant ses yeux, défilent soudain les images des bacs dégoulinant de couleurs vives où les teinturiers de Fez trempaient les peaux. Elle entend un vieux tout bariolé qui ne savait dire que trois mots :

— C'y l' moton... C'y l' moton.

Pauvres moutons !

Son paquet dans son sac, elle paie. La commerçante est trop curieuse :

— Je suis contente de voir que vous ne serez pas seule pour Noël, madame Moureau.

— Seule ? Oh ! la ! la ! ça ne risque pas de

m'arriver. Pensez donc, avec les connaissances que j'ai !

Elle sort sur un au revoir et un bon Noël un peu secs, puis continue de descendre vers la place aux Fleurs.

Il lui reste encore la boulangerie, la pâtisserie, la charcuterie et le bureau de tabac. C'est partout la même cohue, le même écrasement de pieds et l'obligation de se battre pour se faire respecter.

— Dure campagne... On n'en verra pas le bout !

Malgré tout, une petite joie entrée dans son cœur gonfle et palpite comme un oiseau fragile. Plus le jour avance vers midi, plus la ville étincelle sous le soleil et le vent.

Lorsque Léa revient, elle s'arrête un moment au bout de la promenade. Elle pose son sac sur la murette et regarde les grands marronniers d'Inde, les allées blanches et brunes, un peu d'herbe qui fait tache et, par-delà la barrière, l'infini du ciel. En contrebas, serpente le Doubs qu'on ne peut voir depuis là. Si la fatigue ne la tenait pas à ce point, Léa irait jusqu'au Belvédère. Elle se borne à soupirer :

— Une autre fois.

Puis reprend sa marche en direction de l'avenue de la Paix où il n'y a que quelques passants pressés.

Tout est prêt dans un grand panier. Cet après-midi du 24 a coulé assez vite parce que Léa a fait des petits sablés et une soupe aux pois cassés.

Le jour décline, Léa se chausse, enveloppe ses pantoufles dans une feuille de papier brun et les ajoute au panier. Elle vient à sa fenêtre et surveille la petite maison d'Henri Gueldry perdue au milieu de son grand jardin où une forêt de tiges sèches perce la neige. Elle attend. Regarde de temps en temps le ciel clair où s'allument des étoiles. Enfin, la lampe luit et la fenêtre s'ouvre. Une forme se penche et ferme les volets. Seuls deux points d'or luisent encore.

Léa enfile son gros manteau, coiffe sa toque, noue son cache-nez, empoigne sa canne et son panier.

La bise s'est apaisée. Le froid toujours vif semble immobile, collé à la terre, figé dans cette large cour où l'ombre monte des recoins. Léa se retourne.

Seules restent éclairées les fenêtres du deuxième étage.

Chez les Verpillat, des parents sont venus.

Lorsqu'elle ouvre la grille, Léa constate que Henri a déblayé son allée. Il ne sort pourtant pas souvent par ce côté. Est-ce en pensant à elle qu'il a pelleté ici ?

Parvenue à trois pas des deux cœurs de lumière qui percent les volets, elle marque une courte pause :

— Si ce vieux sauvage me met dehors, je lui lance mon panier au visage !

Elle reprend sa progression d'une allure décidée, monte la volée de marches d'un trait et c'est avec sa canne qu'elle cogne contre le bois.

— Oui, entrez !

Henri s'est dressé mais il reste à sa place, entre la fenêtre et le bout de la table. Une ampoule de vingt-cinq bougies prisonnière d'une vieille suspension éclaire mal cette pièce étroite.

— Eh bien... Eh bien... Si je m'attendais !

Léa referme la porte et hisse son panier sur la table en annonçant :

— Figurez-vous que je viens de rencontrer le Père Noël !

Henri demeure cloué à sa place. Il pose ses petites lunettes ovales à côté du journal qu'il vient de replier :

— Eh bien... Eh bien... En voilà, une affaire !

— Je sais que vous mangez de bonne heure. Je me suis dit : ma vieille, tu n'as jamais fait le réveillon à six heures du soir. Eh bien, tu vois, tout finit par arriver !

Et c'est soudain comme s'ils étaient six à remuer dans cette cuisine. Henri ouvre le foyer. L'émotion le rend maladroit. Un cercle de fonte tombe sur la pile de bois. Léa déballe ce qu'elle a apporté et sort du placard des assiettes et des verres. Ils parlent en même temps :

— Si votre pauvre sœur voyait ça.

— Charles serait là, il se régalerait. J'ai pris du jambon persillé.

— Elle me disait toujours : « Léa, elle a le caractère pointu mais c'est un cœur d'or. »

— J'ai pris aussi une tranche de pâté en croûte pour vous. Moi, je préfère la mortadelle.

— Faut que je descende chercher du vin.

— Donnez-moi une casserole pour qu'on réchauffe ma soupe.

— Je sais que vous n'aimez guère le blanc, pourtant, j'en ai du bon.

— C'est une soupe aux pois, vous n'en faites jamais.

Ils vont ainsi du geste et de la parole un bon moment puis, soudain, comme sur un ordre donné, ils se taisent en même temps, laissant toute la place au duo du foyer et de la bouillotte.

Lentement, avec des gestes calculés, Henri va décrocher de derrière la porte une grosse veste et une lampe torche. Il prend une clé qu'il enfile dans la poche ventrale de son tablier. Sans se baisser, il quitte ses charentaises et enfile des galoches.

Posant la main sur la poignée de la porte, il se retourne pour dire d'une voix que l'émotion étreint de nouveau :

— J'aurais su, je me serais changé.

Henri disparaît un moment pour revenir avec une bouteille poussiéreuse qu'il dépose sur la table. C'est alors qu'il remarque le paquet noué d'une faveur que Léa vient de placer dans son assiette. Il fronce les sourcils.

— Qu'est-ce que c'est que ça ?

Léa prend un air étonné.

— Je ne sais pas, ça vient de tomber du plafond juste dans votre assiette.

Le vieux se fait bourru :

— Encore une chance que ça ne me l'ait pas cassée !

Sa main qui tremble légèrement s'approche du paquet. Il tire sur la faveur et la boucle se défait toute seule. Sous le papier bleu glacé, il y a un papier de soie, puis la belle blague de peau que Léa a emplie de tabac.

— Tout de même, murmure-t-il, si je pouvais m'attendre. Ah, votre pauvre sœur était comme vous. Le cœur énorme. Toujours à ne pas savoir comment s'y prendre pour faire plaisir aux gens.

Il se tait et hoche la tête un moment. Léa est toute surprise de le voir avec le regard mouillé et la goutte au nez. Un quartier de silence s'installe avec le ronflement du feu, puis, soudain, Henri Gueldry s'écrie :

— Et moi qui n'ai rien à vous offrir !

77

Il tient dans sa main sa blague à tabac dont il fait fonctionner la fermeture.

— Comme ça, le tabac ne sèche pas, dit Léa. Et c'est du solide. Et vous avez une petite poche pour le carnet de feuilles.

Le vieil homme lève les yeux. Par-dessus ses lunettes placées à mi-chemin de son gros nez, il lance un regard à Léa.

— Sûr qu'elle m'enterrera.

— Ne parlez pas toujours de ça... Ouvrez plutôt votre bouteille.

Il prend avec précaution la bouteille sans étiquette couverte de poussière, et commence à donner sur la cire passée de petits coups rapides avec le manche en corne de son couteau de poche.

— Un Pupillin de 32. Charles l'aimait bien. Je l'avais acheté en fût à Parizeau. Un bon vigneron. C'était mon conscrit. On s'est connus au quarante-quatre et on ne s'est jamais perdus de vue. Il m'avait conseillé de le mettre en bouteilles après un an dans ma cave. C'est ce que j'ai fait.

Il se tait pour placer la bouteille entre ses genoux et tirer doucement sur le bouchon. L'effort gonfle les veines de sa main.

Léa se voit déjà à la caserne. Elle se trompe, Henri vient de bifurquer.

— Le vin d'Arbois, voyez-vous, peu de gens savent l'apprécier pour ce qu'il est vraiment.

Il verse un fond de verre qu'il lève en direction de la suspension.

— Regardez-moi cette couleur !

Il fait basculer un peu le verre et le liquide va de droite à gauche. Sa main tremble à peine. Il porte le verre à ses lèvres, prend lentement une gorgée à travers laquelle il aspire un peu d'air, mâche le vin comme s'il était solide et finit par l'avaler.

— J'aurais été avisé de votre venue, je l'ouvrais trois heures plus tôt... Tout de même, vous m'en direz des nouvelles.

Il verse dans l'autre verre.

— Je préfère goûter en mangeant, dit Léa.

— Bonsoir que je suis donc contrarié de ne rien avoir...

Il se tait soudain, regarde la table où est étalé le contenu du panier. Il passe plusieurs fois le dos de sa main sur sa moustache grise puis, enfilant de nouveau sa veste et ses galoches, il empoigne le panier vide et ouvre la porte.

— Mais où allez-vous ?

— Ne vous inquiétez pas. Finissez seulement de mettre la table.

— Vous allez prendre froid.

Le vieux sort. Dès que la porte est refermée, Léa fait aller sa tête de droite à gauche et dit :

— Il va me chercher des pommes. Tout juste bonnes à cuire. Et encore, pleines de vers, avec sa manie de ne pas vouloir traiter.

Elle prend une nappe blanche brodée aux initiales de sa sœur et dresse le couvert. La soupe est sur le feu. La charcuterie dans un plat et, sur une assiette, une petite bûche de Noël.

— Tout de même, ma pauvre Lolotte, si tu nous vois !

Henri remonte avec son panier plein de reinettes grises et de poires d'hiver.

— Mon Dieu, Henri, les beaux fruits ! Mais il y en a pour un bataillon !

— Pensez voir, ça se conserve jusqu'à la fin du printemps.

— Il faut que je vous embrasse.

Le vieux enlève sa casquette et se laisse faire en s'excusant :

— Je ne me suis même pas fait la barbe.

Ils se mettent à table et, tandis que Léa sert la soupe fumante, Henri commence :

— Ce poirier-là, c'est ma mère qui me l'a fait planter quand elle a acheté le jardin. A l'époque, on chauffait le four au bois, bien entendu. Elle voulait faire monter un hangar pour en remiser toujours deux années d'avance. Elle avait sans doute déjà dans l'idée de se faire construire aussi une maison pour quand elle se retirerait de la boulangerie.

Léa murmure sans qu'il l'entende :

— Et nous voilà partis pour Landon !

Mais non, là encore elle se trompe. Là encore l'ancien boulanger bifurque :

— Figurez-vous que ce poirier, abrité par le hangar comme il se trouve, je n'ai jamais vu un arbre pour donner autant. Et chaque année. Même quand les autres ne donnent rien. Si bien qu'une année, juste avant la guerre... C'est en 38 puisque nous venions de remettre la boulangerie, moi et votre pauvre sœur...

— Ça y est, souffle Léa, le coup de l'épicière.

Henri avale deux cuillerées de soupe.

— Elle est fameuse, votre soupe.

— Oui, j'ai mis une petite tranche de lard fumé et un oignon.

— Ça se sent bien... Toujours est-il que cette année-là, il avait gelé raide à la fleur et personne n'avait de poires. La grande Matevin, vous savez, l'épicière de la rue Saint-Désiré vient me voir. Elle me dit comme ça : « Je vous achète tout ce que vous voulez vendre. » On se met d'accord pour trente kilos à un franc le kilo. Son mari vient les prendre avec sa camionnette. Trois jours plus tard, Mme Darphin, vous savez, la femme de l'ingénieur, une brave femme, déjà cliente quand on tenait la boulangerie... une fois que j'ai été retiré au jardin, elle prenait tous ses fruits de pays et ses légumes chez nous. Elle vient, elle voit les poires, elle dit comme ça : « Je vais en prendre, j'ai vu les mêmes rue Saint-Désiré, à dix francs le kilo. » Moi, votre sœur me dit ça. Pauvre de nous ! La moutarde me monte au nez. Je charge trois cageots sur ma petite charrette à deux roues, et me voilà parti. Votre sœur qui me savait la tête près du bonnet me criait : « Ne va pas faire des folies ! » Des folies ? Pauvre amie, je ne me suis jamais laissé monter sur les pieds, moi !

Son œil s'est allumé. Sa voix s'enfle et il a une façon de rouler les *r* qui ferait trembler la vieille garde. Comme il reprend son souffle, Léa qui s'est juré d'être aimable parce que c'est Noël, dit en souriant :

— Je vous connais. Quand vous êtes en colère, même Bayard tremblerait.

— Bayard ou pas, me voilà parti. J'arrive devant l'épicerie, je vérifie : mes poires sont bien à dix francs le kilo. La grande est justement dans son magasin. Je lui demande si c'est bien le prix. « Bien sûr que oui », qu'elle dit. Elle me parle de ses impôts, d'une vendeuse. Je l'arrête. « Justement, moi, j'ai rien de tout ça. » Et me voilà à côté de ma charrette à crier mes poires gratis. Ça n'a pas traîné. J'en donnais trois par personne. Voilà l'épicier qui sort. Il voit ça, il s'en va téléphoner au commissariat. Arrivent deux agents. Dont le fils Norier que j'ai connu en culottes courtes. Il me dit comme ça : « Voyons, monsieur Gueldry, vous savez bien que la vente dans la rue est interdite sans patente. La vente ? que je fais, mais qui te parle de vendre ? Je distribue. Si tu en veux, en voilà. Et si tu n'oses pas les prendre, envoie ta femme. » Comme ces deux corniauds ne savaient pas sur quel pied danser, je leur fais : « Avant de vous en retourner, allez donc dire à l'autre voleur que j'ai vingt ans de boxe française dans les guibolles. Et je n'ai pas oublié. S'il a envie d'en tâter, je suis à sa disposition. » Pauvre de nous ! Tout le monde rigolait tellement, que l'épicier a fermé sa porte et les agents ont foutu le camp.

Léa se met à rire exactement comme si cette histoire lui était racontée pour la première fois.

— Sacré Henri. Ça ne m'étonne pas de vous. Charles me le disait toujours : « L'Henri Gueldry, il ne paie pas de mine, mais c'est une force de la nature. Et vif comme un gardon. Bien peu oseraient s'y frotter ! »

Leur repas n'en finit plus. C'est qu'ils racontent beaucoup plus qu'ils ne mangent.

La jeunesse d'Henri, sa boulangerie, la gymnastique, le quarante-quatre, la guerre de quatorze. A l'entendre, le temps s'est arrêté de tourner durant les années trente. Depuis, il dort. La Seconde Guerre mondiale a glissé sur le dos du vieil homme comme une anguille dans une jonchaie.

Si Léa parle peu de l'Afrique, c'est qu'elle est très habitée par Noël. Elle revit des réveillons passés en famille et elle aimerait que son beau-frère les revive avec elle.

— Vous vous souvenez, quand il y avait Paul et Francis qui se disputaient pour le vin. Ces deux-là, c'étaient des phénomènes. « Je te dis que c'est du sucre, ton vin ! » Et moi qui leur disais : « Je vous ai fait du lapin au sucre. » Mon Dieu, ce que nous avons pu rire !

Henri approuve, mais, aussitôt, il bondit par l'ouverture qui s'offre :

— A propos de vin, quand je suis revenu du service, je dis à ma pauvre mère...

Léa dont la patience commence tout de même à s'effriter interrompt :

— Vous me faites rire, vous parlez toujours

de votre pauvre mère, elle n'était pas si pauvre que ça. Une boulangerie, ce n'est pas rien.

— Je dis ça, vous savez bien que c'est manière de parler. Encore que, de ce temps-là, un fonds de commerce ne valait pas ce qu'il vaut de nos jours. Et tout de même, elle était restée veuve à trente ans avec trois enfants en bas âge.

— C'est possible. Mais Charles qui était orphelin de père et de mère, élevé par une tante dans la misère, lui, il pouvait parler de pauvreté. Ça ne l'a pas empêché de finir capitaine.

— Je ne dis pas, mais vous m'avez fait perdre le fil.

— Je suis bien tranquille, vous le retrouverez. En attendant, moi, ce que j'aimerais retrouver, ce sont les souvenirs de guerre de mon mari.

Henri a un geste d'impuissance. Il repousse légèrement en arrière sa casquette grise marquée tout autour par la sueur.

— Que voulez-vous, je vous l'ai dit, je ne me souviens pas où il a creusé.

— Vous devez tout de même bien savoir à peu près ?

Henri fronce les sourcils. Il lutte ferme contre l'envie de l'envoyer promener avec son idée fixe. Mais les reliefs de ce qu'elle a apporté sont encore sur la table. Et ce sont de beaux restes. De quoi manger deux jours si elle n'emporte rien. Henri se maîtrise.

— A mon idée, voyez-vous, ça devrait être quelque part entre la pompe et la remise. Dans ce carré où Baptiste avait creusé une tranchée pour jouer à la petite guerre avec ses copains. Mais ça fait une belle surface à remuer. Et je n'aurais pas la force.

— Je ne vous le demande pas. Quand Baptiste viendra, il le fera.

Henri a un haussement d'épaules.

— Celui-là, on peut toujours se fier à lui. « On sera là pour Noël. » Trois fois, il écrit ça. Va te faire foutre. Mais c'est aussi bien comme ça. En hiver, cette maison n'est pas faite pour avoir tant de monde. Ce n'est pas sa pimbêche de Paris qui va loger dans une chambre glacée. Et s'il faut se mettre à chauffer toute la baraque, mon bois sera vite au bout.

Tandis qu'il parle, Léa sent son cœur se gonfler. Oui, Baptiste avait promis de venir. Ils devraient tous être là. Noël avec les petits, quelle joie ! Pour ne pas se mettre à pleurer, elle se raidit. D'un ton très sec, elle lance :

— C'est ça : ils viendront pour Pâques, ou dans l'été. C'est bien préférable. Comme ça, ils n'useront pas votre bois.

Henri, qui s'est bien rendu compte de ce qu'éprouve sa belle-sœur, laisse couler un long moment de nuit silencieuse et un peu trop vide avant de se remettre à parler des armes :

— Je vous assure que j'aimerais bien savoir où Charles les a enterrées. Je ne me rappelle même pas où j'ai mis mon vieux pistolet Lefaucheux. Je l'ai graissé et tout, enveloppé de papier goudronné et mis dans une boîte à biscuits. Avec, il y a un poignard boche à manche de corne.

Léa sait où cette arme va les conduire. Elle essaie d'intervenir en parlant d'un Noël au cours duquel Baptiste les a beaucoup amusés, c'est en vain. Le vieux Gueldry est lancé, il en faudrait plus que ça pour l'arrêter.

— Figurez-vous que ce poignard appartenait à un mitron de mes parents. Une espèce de fou qui devait bien mesurer deux mètres. Tout en nerfs et en os. Il était capable de soulever le cheval sur son dos.

Léa hausse les épaules. Un petit ricanement désobligeant souligne sa réplique :

— J'aurais aimé voir.

Henri élève à peine la voix pour trancher :

— Vous auriez vu. Et vous auriez fait comme les autres, vous n'auriez pas pipé mot. Seulement voilà, vous n'étiez pas encore née. Cet homme-là, il n'y avait que ma pauvre mère pour lui en imposer.

— Encore, souffle Léa qui se résigne.

— Je me souviens, au temps où les Prussiens étaient en occupation ici, toutes les maisons de la ville en logeaient. Chez nous, ils étaient au-dessus du magasin à farine. Six, on en avait. Avec un sergent, Feldwebel qu'ils disaient. Pas commodes, surtout quand ils avaient bu. Et ils ne s'en faisaient pas faute. Ils venaient traîner leurs bottes au fournil sous prétexte d'avoir de l'eau chaude pour se faire la barbe, mais plutôt histoire de pleurer un bout de pain. Donc, le jour que je vous parle, un

après-midi, en été — ou peut-être au printemps
—, toujours est-il qu'il faisait beau, moi je
m'amusais au soleil dans la cour entre le magasin à farine et le fournil. Je ne sais pas si vous
voyez.

Léa lève les mains. Un énorme soupir pousse
les mots :

— Oh oui ! je vois très bien.

— C'est bon. Pas loin de moi, un Prussien
était assis sur la murette, à cirer ses bottes. Il
était tête nue. Je le vois comme s'il était là ce
soir.

— Dieu nous en garde !

— C'était un tout jeune. Pas bien épais. Au
fond de la cour, le mitron fendait du bois. D'un
coup, je le vois qui s'avance derrière le soldat
sans faire de bruit et qui lève sa hache. J'étais
sûr de voir la tête rasée s'ouvrir en deux. Mais
non. Le commis reste la hache en l'air, pareil à
une statue, les yeux comme s'il venait de découvrir le diable.

— A propos de fendre du bois, voulez-vous
encore une petite tranche de bûche ?

— Non merci, elle est bonne, mais le soir, je
n'aime pas me charger l'estomac...

— Moi, je vais en reprendre.

— Faites donc.

— Elle vient de chez Gâchon.

— Je sais, c'est sur le carton.

Henri serre les mâchoires. Son regard s'est
durci et Léa sourit en l'observant sans lever la

tête. Elle coupe une tranche très mince de bûche de Noël tandis que son beau-frère reprend :

— Moi, je tourne la tête, et qu'est-ce que je vois ?

— Votre pauvre mère.

Léa a appuyé sur le *pauvre,* mais Henri qui tient à finir son récit continue calmement :

— Parfaitement. Ma mère. Elle était sur le seuil de sa cuisine. Elle le fixait droit aux yeux. Le fou a baissé les bras et posé son fer de hache par terre. Il tremblait comme une feuille. Sans élever la voix, ma mère a dit : « Imbécile, vous feriez fusiller tout le quartier ! »

Léa le laisse hocher la tête un moment. Elle mange lentement une cuillerée de gâteau, puis, d'un ton presque détaché, elle demande :

— Vous êtes bien né en 73 ?

— Parfaitement.

— Alors, Henri, soyons sérieux. En 1873, les derniers Prussiens quittaient la France. Vous ne pouvez pas avoir vu ça !

Henri fronce les sourcils. Son menton monte très haut. Son index lisse sa moustache.

— Toujours plus maligne que les autres. Vous savez peut-être mieux que moi ce que j'ai vu !

Léa regrette un peu de l'avoir vexé, pourtant, elle n'a pas la force de se contenir. Elle aime trop avoir le dernier mot. Alors, haussant très haut les épaules pour bien montrer qu'elle n'attache à cette histoire aucune importance, elle soupire :

— Après tout, si ça vous fait plaisir, vous pouvez bien avoir déjeuné avec Jeanne d'Arc.

Très sérieux, Henri réplique :

— Je n'ai jamais prétendu pareille chose !

Léa se lève.

— Il est déjà neuf heures, c'est largement temps d'aller se coucher. Tout ce qu'on vient de ressasser ne nous rajeunit pas, ni vous ni moi.

Lorsque Léa se retrouve seule dans la nuit avec son panier de pommes d'une main et sa canne de l'autre, le froid toujours figé est plus intense. Un ciel constellé brasille. Elle fait quelques pas dans l'allée qui se dessine noire sur la neige, puis elle s'arrête et pose son panier. Charles sortait toujours à minuit. Il disait que le vent qu'il fait cette nuit-là dominera tout l'an qui vient. Pour l'heure, la bise est montée bien haut. Elle travaille les étoiles.

Léa reprend son panier et va d'un trait jusqu'à la grille. Là, elle fait encore une halte. Par-delà les jardins, on voit briller des fenêtres. Les lumières lui paraissent plus vives et plus nombreuses que d'habitude. Il faut dire qu'elle n'est jamais dehors à cette heure-là.

Arrivée sous le porche, elle s'arrête de nouveau.

— Et si j'allais jusqu'en ville ?

Elle hausse les épaules, son tic de gorge la reprend.

Pour se casser une jambe ou attraper une fluxion de poitrine.

— Va donc te mettre au lit, vieille bourrique. A

ton âge, quand on est seule, c'est bien ce qu'on peut faire de mieux.

Elle ouvre la porte. Le pêne de la serrure claque dès que la clé a fait la moitié de son tour. Dans la nuit, il semble que ce bruit s'entende à des lieues. A tâtons, sa main trouve le commutateur de la minuterie. D'ici, on entend déjà les gens du deuxième.

— Au moins, ça fait de la vie...

Sûr que s'ils la savaient toute seule, ils l'auraient invitée. Ce ne sont pas de mauvaises gens. Ils sont de leur âge, c'est tout.

Elle monte sans bruit, ouvre sa porte et la referme avec précaution. Elle allume la lampe du couloir et, avant de quitter son manteau, elle respire. Flaire à la manière d'un renard qui rentre dans son trou. L'odeur de son appartement, elle ne l'a jamais retrouvée nulle part.

Elle quitte ses vêtements d'hiver, ses chaussures, enfile ses pantoufles et gagne la cuisine. Son feu est très bas. Elle le charge pour la nuit. Deux briquettes et une pelletée de poussier.

Mon Dieu, les batailles avec Baptiste qui criait : « Fais pas du feu, le Père Noël viendra pas ! — Tu sais bien qu'on met les souliers à la cheminée de la salle à manger. — Mon oncle dit que ça se rejoint tout avant le toit. » Le mal qu'elle avait pour lui faire entendre que son oncle se moquait de lui.

Elle sourit. Tout un flot de musiques, de lumières, de chansons vient de couler.

De l'autre côté du couloir, le lustre s'est éclairé

soudain au milieu d'une table où scintillent le cristal et l'argenterie. L'odeur de la dinde aux marrons lui fait venir la salive à la bouche. Son regard se porte vers cette pièce obscure. Elle hoche la tête et souffle :

— Fini... c'est fini.

Elle essaie un moment de retenir ses larmes puis, s'affaissant légèrement sur sa chaise, elle laisse crever son chagrin. Un long moment, elle pleure presque en silence, avec juste quelques reniflements.

Lorsque les larmes cessent de couler, Léa se mouche longuement, puis se lève comme si tout le poids du monde était sur ses épaules.

Si elle avait pu avoir un enfant !...

Lentement, elle se dirige vers sa chambre à coucher. D'ici, les échos du réveillon que font les voisins du deuxième sont à peine perceptibles.

Une fois dans son lit, Léa tourne la tête vers la fenêtre. Les persiennes closes laissent suinter une lueur d'aube triste. Et pourtant, la nuit commence à peine. Une longue nuit de fête.

La vieille dame seule voudrait dormir, mais l'image la poursuit d'une table de réveillon bien garnie. Les disparus et les absents s'y retrouvent. Le temps est aboli. Ceux de jadis ne sont pas étonnés de se trouver avec Baptiste et ses petits. Malgré elle, Léa murmure :

— Si au moins les petits étaient là...

Elle serre les lèvres pour s'interdire de parler davantage. Elle se raidit. S'en voulant terriblement de s'être laissée aller à pleurer comme une enfant. Avoir vécu ce qu'elle a vécu et tomber dans la sensiblerie, c'est un comble. Si Charles était là !

Mais elle a beau fermer les paupières, elle ne peut empêcher ses larmes de couler.

III

Le petit train de Mimile

L'ÉTÉ vient d'arriver. Un gros coup de chaleur brutal écrase la ville. Le vent du sud dessèche tout et s'en va fouiner jusque dans les caves les plus fraîches.

Léa entre chez Henri Gueldry qui constate :

— Vous voilà.

— Eh oui, me voilà. Qui voulez-vous que ce soit ?

— Avez-vous des nouvelles ?

— Non. Et vous ?

— Rien du tout. J'espère qu'ils ne vont pas nous dégringoler dessus à l'improviste. Ce serait bien dans la manière de Baptiste. Il a dit : début juillet. Nous y sommes depuis deux jours. Il aurait pu fixer une date. Début juillet, ça ne veut rien dire... Il a toujours été comme ça. Et sa femme m'a tout l'air d'être du même tonneau.

Léa le laisse aller. Elle est en souci, mais cette rogne du vieux qui ne pense qu'à sa propre tranquillité l'amuse. Elle se contente de lever une main qu'elle laisse retomber d'un air de dire : « Après tout, c'est votre garçon, ce n'est pas le mien. »

— Faire une si longue route par une chaleur pareille, reprend Henri, il faut être un peu maboule. Et avec trois enfants. Ce matin, j'ai été obligé de tirer mes volets à sept heures. Ça n'était pas encore arrivé cette année. Un temps si lourd, si ça se prolonge, ce ne sera pas drôle.

La minuscule cuisine est dans la pénombre. Les volets fermés, la seule clarté qui pénètre ici filtre par le store de perles pendu dans l'embrasure de la porte.

— Mon pauvre Henri, si vous aviez connu l'Afrique, croyez-moi, vous n'appelleriez pas ça de la chaleur. Et les marches forcées sous le soleil et tout le tremblement. Les joyeux qui tombaient comme des mouches. Pourtant, ce n'étaient pas des tendres !

Le petit homme lève sa lourde main qu'il laisse retomber sur la table en lançant :

— Oh ! Faut pas croire. J'ai peut-être pas connu l'Afrique, mais marcher sous le soleil, ça m'est arrivé plus souvent qu'à mon tour. Ce début d'été me fait penser à celui de quatre-vingt-treize, l'année où j'ai fait mon temps.

Léa s'est préparée. Son neveu va venir. Il piochera pour retrouver les armes, ce n'est pas le moment d'indisposer Henri. Au contraire.

— Je me doute bien qu'au quarante-quatre, un régiment de Sambre-et-Meuse, vous avez dû en endurer de rudes.

Un peu étonné, le vieux marque un petit temps avant de reprendre la parole :

— Vous savez, ce n'était pas seulement au quarante-quatre. Quand j'ai fait mon temps (n'oubliez pas que je suis de la classe quatre-vingt-treize), c'était une époque où on ne ménageait pas les hommes. Et les grandes manœuvres, ça n'était pas de la petite bière. Le camp du Valdahon, on ne nous y menait pas en camion. Ça ne risquait pas : les camions n'existaient pas.

— Vous me dites ça, Henri, mais j'ai passé ma vie à en suivre, des manœuvres...

Le vieil homme reste sourd. Il se cramponne à son récit.

— Même s'ils en avaient eu, des camions, vous pouvez croire que nos chefs se seraient bien gardés de nous y faire monter. Servir dans la biffe, ça signifiait en premier lieu : savoir marcher.

Il cligne de l'œil d'un air entendu. La pénombre où baigne la pièce l'empêche de voir le visage renfrogné de Léa qui, de temps à autre, lève les yeux au ciel comme si elle demandait en grâce que ce bavard soit arrêté par une quinte de toux. Mais il n'y a en l'air qu'un tourbillon de mouches assiégeant la suspension de cuivre. Et la voix inlassable poursuit :

— Je me souviens très bien : à la veille de partir, on nous avait distribué du suif. Une heure avant le rassemblement, le clairon sonne. Le cabot annonce : revue de pieds graissés. Le médecin major à quatre galons, un dénommé Fortiaud, un gros rouge de trogne avec des petits yeux de varrat...

— De verrat ! rectifie sèchement Léa.

— Si vous voulez. C'est pareil. Toujours est-il que c'était une belle vache...

— Pour le conscrit, l'officier est toujours une belle vache.

— Ne croyez pas ça. J'en ai connu que je respectais. Et je n'étais pas le seul. Notre capitaine, par exemple... Bref, ce major avec ses petits yeux et son accent du Midi ne rêvait que de nous voir pisser le sang. Il était avec le sergent-major, un nommé Rossigneux...

— Oh ! oui... Je connais.

— Lui et notre lieutenant. C'est bon : tous les hommes avaient les pieds blancs de suif. Une saloperie qui ne pouvait pas s'étendre. Et ça puait la graisse rance à vous lever le cœur. Arrivé devant moi, voilà le major qui fronce les sourcils : « Lève un pied », qu'il me fait. Je lève un pied. Il me touche du bout de son doigt : « Et alors ? Tu n'es pas graissé, toi ? — Non mon commandant, que je lui fais, j'ai une préparation à moi. »

Nouveau regard de Léa vers le tourbillon de mouches qui scie l'air épais avec autant de constance qu'Henri en met à raconter.

— La pommade au chinois, soupire-t-elle.

— Voilà cette brute qui se met à rugir, que les paquetages en tremblaient. Moi, rien que d'entendre ce rire de fou, je me voyais déjà à Biribi.

— On s'y serait retrouvés...

100

La foudre pourrait tomber qu'Henri n'interrompait pas son histoire.

— Le major se tourne vers Rossigneux. « Prenez son nom, qu'il beugle, je veux lui voir les pieds à chaque étape. Et si jamais il blesse!... »

On dirait qu'une tornade traverse la cuisine. Léa ne serait nullement étonnée de voir le major à quatre galons bondir sur la table en tirant l'épée. Le major et Rossigneux et, pourquoi pas, le reste du régiment.

— Moi, poursuit Henri Gueldry, je pensais à Biribi, et pourtant, j'avais confiance. Ma préparation, je la tenais du vieux Monoyer, le grand-oncle des Monoyer de la Côte, ceux qui ont fait leurs affaires dans les tissus, vous voyez de qui je veux parler?

— Oh! la! la! si je vois!

Le vieil homme fronce les sourcils et se renfrogne le temps d'observer :

— On dirait toujours qu'on vous exaspère quand on vous parle des gens!

— Pas du tout. Surtout que ce sont des gens que je connais bien.

Et d'ajouter pour elle seule :

— Seigneur, faites que Baptiste ne tarde pas trop!

— Justement, leur grand-oncle que vous êtes trop jeune pour avoir connu, il avait fait plus de dix ans. Il avait racheté un fils Dunod millionnaire. Des tas de campagnes qu'il s'était appuyées, ce vieux! La Crimée, Sébastopol et tout et tout... Et ce furibond de quatre galons qui me braille dans le nez : « Ta préparation, qu'est-ce que c'est ? » Je lui sors le petit pot blanc à couvercle noir que le vieux Monoyer m'avait donné contre une brioche de trois livres. Il l'ouvre. Le voilà qui pique son gros nez rouge dessus et qui gueule : « Mais nom de foutre, ça pue l'ivrogne, cette denrée-là ! » Tout le monde rigole, et moi je dis : « Possible, mon commandant, il y a du savon de Marseille et du marc du Jura. » Cette peau de vache devait être de Marseille, je crois bien que c'est le savon qui l'a adouci. Mais ça ne l'a pas empêché de répéter que si j'étais blessé à l'arrivée, ce serait quinze dont huit.

— Et bien entendu, vous étiez le seul à ne pas être blessé.

Le père Gueldry soulève sa casquette de la main gauche. De la droite, il éponge son crâne blanc et luisant de sueur avec un large mouchoir à carreaux violets. L'opération terminée et la casquette remise en place, il sourit :

— Eh bien, vous ne croyez pas si bien dire. Pas le seul, mais presque... Beau joueur, le major me demande la recette de la pommade. Moi, vous parlez si je rigolais en dedans. Je lui dis : « Impossible, mon commandant, le vieux soldat qui me l'a préparée veut garder son secret. Mais si vous voulez, il peut vous en fournir pour tout le régiment... »

Léa se redresse et brandit une main autoritaire.

— J'entends une auto pas loin.

— Je n'ai rien entendu.

Léa se lève et se précipite sur le balcon.

— Votre canne !

Le store de perles et de roseaux crépite. Henri se lève à son tour en répétant :

— Moi, je n'ai rien entendu.

Il va sortir lorsque Léa rentre, l'air désappointé.

— Non, ce n'est pas eux.

— Ne vous en faites pas. Baptiste cornera. Il le fait toujours.

Ils reprennent leur place, et aussitôt assis, le vieil homme se hâte :

— Je n'ai jamais su s'il était allé trouver le vieux Monoyer, mais ce qui est certain, c'est qu'en dehors des pieds qui ne blessaient pas, quand venait l'heure de laver les chaussettes, nous n'avions que l'eau des torrents de montagne. Le suif dans l'eau glacée, vous voyez ce que ça peut donner. Les pauvres troupiers s'en voyaient quatre. Tandis que moi, avec le savon...

— Bien entendu. On n'a encore rien fait de mieux que le savon pour laver les chaussettes.

— Tout ça pour vous dire que les marches, je connais. Et les manœuvres, c'était toujours en plein été. Le soleil et la poussière, sur le plateau du Valdahon...

— Cette fois, c'est eux. On n'a pas klaxonné, mais on marche dans l'allée.

— Ah, vous croyez ?

Léa est déjà dehors. Et elle n'a pas oublié sa canne. Quand Henri Gueldry écarte le store, il la voit qui tourne l'angle de la maison et disparaît. Il grogne :

— Aussi folle qu'était sa sœur. Tête nue sous le gros soleil !

Léa n'a pas dû faire trois pas qu'elle revient déjà, tenant à la main un petit papier bleu. Un jeune télégraphiste la suit. Elle lève la tête :

— Henri, avez-vous de la monnaie ?

— De la monnaie ?... Oh ! Faut que je cherche Est-ce qu'il y a un malheur ?

— Non. Trouvez-moi une pièce pour ce garçon !

GRAND émoi. Un moment de fièvre. Puis le porteur de dépêches s'en est allé.

Le store de perles a cessé son cliquetis. Seule l'haleine brûlante du dehors le pétrit encore mollement. Léa et Henri ont repris leur place. Le tourbillon de mouches retrouve son rythme régulier.

Regardant la dépêche ouverte sur la toile cirée luisante, le vieux Gueldry répète pour la troisième fois :

— Au moins, celui-là, il ne manque pas de culot. C'est le moins qu'on puisse dire !

Sa belle-sœur lui lance un regard où luit une lueur moqueuse :

— Vrai ! En voilà un qui ne tient pas plus de vous que de sa mère. On se demande bien où vous êtes allés le pêcher.

Le vieux fait exactement comme s'il n'avait pas entendu. Il demande :

— Relisez-moi ça. Je n'arrive pas à y croire.

Léa reprend le formulaire. Son œil pétille de plaisir et sa voix fait penser à une sonnerie de trompette.

— « Voiture en panne. Enfants ce soir gare dix-huit heures zéro six. Suivrons dès voiture réparée, avec chats. »

— Tout de même, c'est pas rien !

D'un petit air de ne pas y toucher, Léa ajoute :

— Il y a un *s* à chats.

Henri se renfrogne. Ses ongles durs et cassés tambourinent sur la table. Il grogne :

— On dirait quasiment que ça vous amuse !

Petit haussement d'épaules, une moue qui se veut hésitante, puis, la voix toujours enjouée :

— Ma foi, moi, vous savez, je suis toujours de bonne humeur quand on m'annonce l'arrivée de gens que j'aime.

Plus elle semble heureuse, plus Henri paraît grognon.

— En tout cas, fait-il, les chats, il n'y a rien de tel pour vous foutre un jardin en l'air.

— Votre jardin, pour ce qu'il y a dedans !

— N'empêche que la pisse de chat, ça vous cuit la terre pour des années. Je ne connais rien qui brûle pareillement...

Léa l'interrompt presque avec colère :

— Seigneur ! Si ma pauvre sœur était encore là, ce qu'elle serait heureuse d'avoir ses petits. Même avec un bataillon de chats pisseurs !

Les doigts de l'ancien boulanger se remettent à tambouriner puis, ses deux mains s'étant jointes, ils se pétrissent en faisant craquer leurs articulations.

— Arrêtez-vous, lance Léa, vous me faites mal !

Henri émet un petit rire en disant :

— C'est à moi, que ça fait mal.

Le calme du jour les tient un moment dans son silence et sa moiteur. Le vieil homme soupire :

— Six heures passées, pour peu que leur train ait du retard, c'est une histoire qui va nous faire manger à point d'heure.

— Ne vous faites pas de souci. J'irai les chercher toute seule. Pour deux ou trois jours, ils n'auront pas des tonnes de bagages.

En espérant visiblement un refus, le vieux Gueldry propose :

— Je pourrais vous accompagner avec ma petite charrette à deux roues.

Léa hausse les épaules et se lève d'un air absolument décidé.

— Taisez-vous donc.

— Et pour coucher ? Sans leur mère, moi...

— On ne vous demande rien. Rien de rien !

Elle sort en écartant le store d'un coup de canne exactement comme si elle chargeait sabre au clair. Les perles n'en finissent plus de s'entrechoquer, mais leur cliquetis ne couvre pas la voix du vieux qui s'est mis à maugréer. Léa ne saurait se réjouir que l'auto de son neveu soit en panne, cependant, que ce vieil égoïste soit bousculé dans son petit train-train n'est pas pour lui déplaire. Fichtre non, sacrebleu !

La chaleur? Léa s'en contrefiche! Et même, elle aime ça. Elle grimpe vers la gare comme on monte à l'assaut, la canne virevoltant et le pas léger. Pour un peu, elle se mettrait à fredonner *La marche des Africains*.

Elle arrive sur le quai avec trois bons quarts d'heure d'avance. Pas un chat! Une brouette à bagages avec deux caisses dessus. Trois vélos.

Loin sur la droite, une vieille locomotive carrée, à haute cheminée, crachant fumée et vapeur par tous les bouts, pousse vers des voies de garage des wagons de marchandises qui se tamponnent l'un l'autre avec un vacarme d'artillerie de campagne. Un cheminot à casquette étoilée sort d'un bureau pour se diriger vers le buffet. Léa l'arrête :

— Dites-moi, monsieur, c'est bien Émile Taupin qui fait la manœuvre avec le coucou?

L'homme regarde en direction de la vieille machine. Il cligne des yeux. La lumière vive fait vibrer l'air chaud qui monte des voies avec une forte odeur de créosote.

— Vous savez, d'ici, on ne voit pas qui est sur la loco.

— Eh bien moi, je peux vous le dire. Et je suis certaine de ne pas me tromper. Je le savais avant même d'arriver en vue de la gare. Je n'ai pas besoin de voir. Je sais.

L'homme paraît ne rien comprendre et la vieille dame marque un temps pour jouir de son air ahuri, avant de poursuivre :

— Parfaitement : j'ai entendu siffler. Je me suis dit : c'est Mimile qui est de manœuvre. Aucun doute : c'est son coup de sifflet. Vous pensez, il y a belle lurette que je le connais, le coup de sifflet à Mimile !

Le cheminot sourit.

— J'avoue que je n'avais jamais prêté attention à ça. Mais vous devez avoir raison...

— Certain comme deux et deux font quatre, tranche Léa avec autorité. Je vais même vous prier de lui faire une commission quand vous le verrez.

— Volontiers.

— Demandez-lui donc, s'il vous plaît, de passer voir Mme Moureau. Il me connaît.

— Moi aussi, je vous connais...

La casquette va en dire plus, mais Léa n'a aucune envie d'entendre des platitudes. Elle remercie et s'éloigne dans la lumière tamisée de la marquise, d'un pas toujours vif, comme si elle allait à la rencontre du train de Paris pour lui secouer un peu les puces.

Peu à peu le quai se peuple de gens porteurs de sacs, de valises, de cannes à pêche et de cartons plus ou moins bien ficelés. Une armée en déroute ! Dès qu'ils arrivent, ils s'affalent sur les bancs ou sur leurs bagages comme s'ils venaient de traverser le djebel Zaghouan à marche forcée avec leur barda sur le dos. Léa les voit sans s'attarder à les détailler. Elle continue sa déambulation, le visage à l'ombre de son immense chapeau de paille blonde que ceinture un ruban noir. Une longue épingle dont la tête bleue est grosse comme un biscaïen, fixe cette capeline d'un autre âge à son chignon très serré. Cette vieille dame hautaine est à coup sûr, et de très loin, la personne la plus active et la plus remarquée sur ce quai. Quand pèse sur elle un regard trop curieux, Léa décoche une œillade qui part à la manière d'une flèche. Face à ce trait acéré, rien ne tient. Même les bavards se taisent au passage de ce personnage à la canne conquérante, au menton haut et à l'œil dur.

Dès que la sonnerie retentit, Léa file se placer à hauteur du poste d'aiguillage pour être la première.

Le roulement s'amplifie. Le quai vibre. L'énorme locomotive aux cuivres luisants passe en gémissant. La chaleur augmente. L'air empeste le charbon. Ses grosses lunettes sur le front, le mécanicien a l'air d'un criquet noir avec des yeux blancs. Sacré métier !

Léa scrute chaque portière. S'arrêtera-t-il, ce foutu train ? Peu d'enfants. Et en tout cas pas ceux qu'elle attend.

L'interminable convoi s'immobilise dans un grincement de métal qui vous perce les tympans. Ils n'ont donc pas les moyens d'acheter de la graisse, dans cette compagnie ! Les portières s'ouvrent et des voyageurs commencent à descendre, obligés de bousculer ceux qui voudraient monter. Quelle foire d'empoigne !

— Je te ficherais de la discipline dans tout ça, moi !

Se haussant sur la pointe des pieds, Léa essaie de voir. Elle jubilait depuis des heures ; soudain, sa joie se bloque dans sa poitrine. Une boule d'inquiétude lui noue le gosier.

— Vous n'avez pas vu trois enfants tout seuls ? Deux garçons et une petite fille ?

Elle avance entre les gens mais personne ne lui prête la moindre attention. Son autorité s'est envolée, perdue dans ce remuement tumultueux.

L'envie la tenaille encore un peu de faire aligner toute cette piétaille pour passer une revue de détail, mais c'est d'une voix déjà étranglée qu'elle dit :

— Vous ferais pisser le sang, moi !

111

Le monde n'est plus peuplé que de rustres !

La foule se masse vers la sortie où elle s'écoule lentement dans le goulot d'entonnoir dont le préposé au ramassage des billets règle le débit.

Le cœur de Léa fait un bond énorme. Elle a vingt ans. Pourrait laisser tomber sa canne mais la brandit comme un fanion de ralliement. Elle fonce dans la direction des trois enfants restés sur le quai, à hauteur de la première voiture sous la protection d'un contrôleur à qui leur mère a dû les confier. Ils se mettent à battre des ailes comme trois moulins à vent.

Dès qu'il la voit arriver, le contrôleur lui adresse un petit salut de la main et saute dans le train qui démarre en crachant noir. Léa s'approche :

— Merci, monsieur !

— C'est le contrôleur.

— Je vois bien.

— Un chouette gars.

— Papa lui avait dit...

— Pourriez dire bonjour. Trois sauvages !

— Y avait plein de monde.

Léa se baisse.

— Vous allez me fiche par terre !

Ils se pendent à son cou, s'accrochent, la tirent par les bras. Sa canne tombe. Son chapeau tangue. Elle chambille.

— Y avait une grosse bonne femme.

— T'aurais vu ça.

— Pis un type rigolo.

— Avec un garçon qui s'appelle Philippe on a...

112

Ils parlent en même temps. Leur tante rit et sanglote tout à la fois. Sa voix chevrote terriblement lorsqu'elle essaie de dire :

— Ah ! mes loupiots... Ah ! mes petits loupiots...

— Et grand-père, où qu'il est ?

C'est Adrien, l'aîné des trois, qui pose cette question en regardant vers la sortie.

Les larmes de Léa s'assèchent aussi vite que le lit d'un oued traversé par une crevasse. La voix cesse de trembler :

— Ton grand-père, mon pauvre petiot, pour le sortir de son trou, celui-là, faudrait l'enfumer comme on fait aux putois. En hiver : trop froid. En été : trop chaud.

Il n'y a plus qu'eux sur le quai. De loin, l'employé qui contrôle la sortie leur crie :

— Vous attendez-t-y une correspondance ?

La tante ne daigne même pas répondre. A ses petits, elle commande :

— Allez ! Sac au dos !

Les garçons ont chacun un sac tyrolien dont ils se chargent en s'aidant l'un l'autre. La petite Colette qui porte une grosse poupée se baisse pour empoigner une valise rouge grande comme un mouchoir.

— Laisse-moi ça, fait Léa. Occupe-toi de ta fille... On y est ?

— Ouais !

— Ouais !

— Alors, à mon commandement, en avant marche !

Sérieux comme deux évêques au terme d'un

concile, les garçons avancent d'un même pas, Adrien en tête, Denis le suivant. Colette qui ne marche pas au pas cadencé se met à rire, levant vers sa grand-tante ses yeux pleins de soleil, elle dit :

— Toi, t'es marrante. T'es toujours chef!

— Marche, fait Léa qui a toutes les peines à garder son sérieux et qui ajoute tout bas : toi, je t'adore, mon tout petiot.

Ils sont descendus de la gare à la manière d'un régiment, Léa en serre-file, ce qui n'a pas empêché quelques bonnes rigolades. La tante a bien essayé de faire observer qu'on ne doit ni rire ni parler sur les rangs, ils ont trop de choses à raconter pour attendre d'être arrivés. Et Léa n'est pas la moins bavarde.

Avant de quitter la place de la gare, elle leur a montré le coucou qui continue ses manœuvres. De loin, ils l'entendent encore siffler et les enfants s'exclament :

— Écoute, Mimile.

— Vachement bath, le petit train à Mimile !

— Pourquoi t'appelle ça un coucou ?

— Vous demanderez à Mimile.

— On va aller le voir ?

— Non. C'est lui qui va venir. Nous irons sans doute à la pêche avec lui.

Et tous les trois de se mettre à brailler :

— A la pêche ! Ouais !

— Chic ! A la pêche !

— Vive Mimile !

Léa essaie de mettre un terme à ces débordements :

— Taisez-vous ! Tout le monde nous regarde.

Lorsqu'ils pénètrent dans l'entrée sombre, la propriétaire qui habite le rez-de-chaussée sort sur le pas de sa porte. Se tournant vers les enfants, Léa leur lance, exactement comme elle commanderait : « Tête droite ! »

— Bonjour à Mme Buatier !

Les enfants s'arrêtent le temps d'une embrassade. Léa les attend au pied de l'escalier, raide comme un grognard de la garde, sa canne à l'oblique telle une épée.

On monte. Les clés font claquer les deux verrous et la serrure. La porte s'ouvre.

— Les pieds !

Les enfants essuient soigneusement leurs semelles qui n'étaient pas sales du tout et qu'ils ont pourtant déjà longuement frottées au tapis-brosse du bas. On entre !

— Direction la chambrée. Sacs défaits, paquetages rangés avant d'aller dire bonsoir au grand-père.

Les trois petits sont d'un sérieux qu'envierait n'importe quel synode. Colette commence par coucher sa poupée en disant :

— Pauvre chérie, pas besoin de te bercer, tes yeux se ferment tout seuls.

Et c'est exact. Léa peut le constater. Aussitôt allongée sur le canapé, la poupée ferme ses paupières blêmes aux cils pareils à des poils de brosse à boutons.

Dix minutes à peine et tout est en ordre. En sortant, l'aîné qui jette un regard vers la cuisine constate qu'il n'y a que quatre couverts. Il demande :

— Et grand-père ? Tu l'as pas invité ?

— Pour l'entendre dire qu'il ne mange pas le soir !

Ils redescendent.

— Prenez l'habitude de vous taire dans l'escalier. De ne pas taper des pieds, de ne pas claquer la porte, de ne pas courir sous le porche, de dire bonjour aux gens que vous rencontrez dans la cour.

Dès l'entrée du jardin, les deux garçons se précipitent. C'est Adrien qui atteint le premier la tonnelle où le vieil homme s'est assis pour les attendre en recherchant les prémices du crépuscule qui demeure brûlant. Le grand-père se lève. L'enfant tout blond et encore bouclé se colle contre ses jambes. Le vieux se baisse au moment où l'autre les rejoint. Sa chevelure raide et plus foncée vient contre celle de son frère.

— Ah ! les petits gamins. Ah ! les petits gamins, répète le père Gueldry qui voudrait bien pouvoir cacher son émotion.

Léa arrive avec Colette qu'elle tient par la main et qui la tire en avant. Le vieil homme se dégage des deux garçons et soulève la fillette qu'il serre contre lui :

— V'la la petiote.

— Tu piques, grand-père.

— Je me ferai la barbe demain matin.

— C'est vrai que tu veux pas venir manger avec nous ?

— Que non ! Moi, vois-tu, j'ai gardé les heures

de la boulangerie d'autrefois. Figurez-vous que quand j'avais dix fournées à faire, ce...

Léa l'interrompt :

— Allez, on racontera demain. A la soupe toute la troupe...

Si on commence à l'écouter, ce vieux rabâcheur...

Ils se sont très bien organisés. Ou, plus exactement, Léa a pris les choses en main et tout réglementé. Les enfants couchent chez elle et font eux-mêmes leur lit. Sans rechigner, pouvez le croire ! Pour la cuisine et la vaisselle, sans même en parler à Henri, Léa est allée trouver Ida, l'Italienne qui vient faire le ménage une fois par semaine depuis la mort de Lolotte.

— Ce que ça va coûter ! gémit le vieillard.

— Vous ne les emporterez pas, vos picaillons !

Ida toute contente ne pleure ni son temps ni sa peine. Elle arrive à huit heures pour préparer le petit déjeuner et ne repart qu'après le repas du soir. C'est une espèce de longue cavale noire de cuir et de tignasse, sèche et rude, avec une voix nasillarde.

— Je ne comprends pas un mot de ce qu'elle me raconte, dit Henri.

— Je comprenais mieux mes Arabes, reconnaît Léa, mais pour le travail, c'est un bœuf.

— Seulement, un bœuf pour laver la vaisselle fragile...

— Vous n'êtes jamais content de rien...

120

Léa ne s'occupe guère de ce qu'il dit. Elle mène le train comme les jeunes généraux de l'an II devaient mener leurs troupes. On marche dans l'allégresse des temps nouveaux, mais on ne badine pas avec la vieille discipline.

Quand le premier coup de huit heures tinte à la grande horloge comtoise du vestibule, la tante entre dans la chambrée et lance son appel de clairon :

— Debout là-d'dans !

Elle ouvre les persiennes. Les deux garçons qui couchent dans le grand lit bondissent et vont secouer Colette qui, sur le divan, serre sa poupée dans ses bras et s'accroche au sommeil quelques instants.

— Allez, les grands à la toilette pendant que les filles ramassent leurs miettes. Deux minutes. Pas plus.

Tout le monde se lave à la cuisine, seul point d'eau de l'appartement. Léa surveille de près.

— Frottez fort, nom d'un dromadaire ! Faut que ça luise et que ça reluise comme des fonds de bouteillons un matin de 14 Juillet !

Plutôt trois fois qu'une, l'œil soupçonneux et le nez froncé, elle passe l'inspection des oreilles et la revue des ongles.

— Allez : colonne par deux derrière moi, direction le réfectoire. Et on ne chahute pas sur les rangs !

Lorsque Mme Buatier les voit traverser la cour, elle dit à son mari :

— Voilà notre Mme Moureau toute requinquée

Rajeunie de quarante ans. On se demande bien ce qu'elle fait encore d'une canne.

Il s'en faut de peu que Léa ne fasse tournoyer cet engin en l'air à la manière d'un tambour-major.

Chez Henri, l'Italienne a tout préparé.

Comme Léa trouvait la cuisine trop exiguë on a ouvert la salle à manger qui n'a plus servi depuis la mort de Lolotte. Le grand-père est repoussé dans les angles comme le sont au fond des criques les bidons vides rejetés par la houle. Il essaie bien de placer un mot, d'émettre une suggestion, de lancer un conseil de prudence avec des regards effrayés pour ses tasses et ses assiettes, mais c'est en vain. Nul ne l'écoute. Il n'a droit à la parole qu'une fois que les autres ont la bouche pleine.

Car l'ancien boulanger ne déjeune pas avec eux. Un tremblement de terre ne le ferait pas modifier ses habitudes d'un quart de minute. Il continue de prendre son bol de café au lait avec du pain trempé, à cinq heures du matin, dans la cuisine, et sans allumer la lampe quel que soit le temps. S'il fait sombre, la lueur de son foyer lui suffit. Elle lui rappelle celle du four.

Léa se moque de lui :

— On dirait bien que vous avez une grosse journée devant vous, mon pauvre Henri !

— Il y a toujours bien de quoi s'occuper, ne vous inquiétez pas !

— Oh ! je ne m'inquiète pas pour vous, j'ai assez à me soucier de mes petits-neveux.

Elle a une manière d'appuyer sur *mes* qui arrache des gloussements à la grande Italienne. Mais le vieil homme se borne à hausser les épaules. Il contemple sa maison comme devaient le faire les malheureux qui voyaient déferler les hordes de Vlassov assoiffées de pillage.

Lorsqu'il a soigné ses lapins et vidé son seau hygiénique sur le tas de fumier proche du hangar, le vieil homme revient s'asseoir dans sa cuisine pour lire le journal. Dès que tout le monde est sorti, il s'endort, les coudes sur la table. Quand l'Italienne le réveille pour se mettre à préparer le repas, il se lève et sort en grommelant :

— Bigre ! Avec cette chaleur, je m'étais assoupi. C'est un temps qui m'épuise, moi !

Le premier après-midi tire sur sa fin lorsque Mimile arrive. Ce gros homme bas sur pattes pousse à côté de lui une haute bicyclette à guidon relevé. Une machine très ancienne mais qui reluit comme un bijou neuf. Il l'appuie délicatement contre le montant de la tonnelle sous laquelle Henri et Léa sont installés, puis, d'une main aussi ronde que sa trogne cuivrée, il enlève une petite casquette bleue à visière de cuir bouilli. Il semble que chez lui, tout soit brillant, comme huilé. Même son crâne blanc qui contraste avec son front hâlé et les quelques mèches noires que la sueur colle au miroir de la peau.

Les enfants qui jouent à l'ombre du hangar se précipitent et le cheminot les accueille en lançant d'une voix curieusement frêle :

— Voyez-moi ça ! Pas la peine de demander à qui ils sont, ces trois-là !

Léa présente Mimile en parlant du coucou qu'ils ont vu de loin. Tout de suite, Denis qui a sept ans demande :

— J' voudrais y aller, sur ton coucou, Mimile !

Embarrassé, gesticulant avec ses pattes d'ours plus velues que son crâne, Mimile explique que c'est interdit.

— Pourquoi ça s'appelle un coucou? demande Adrien.

Le mécanicien fait une moue qui gonfle encore ses joues rondes.

— Ça, alors, c'est sûrement parce que c'est un vieux machin et que...

Il n'a pas le temps d'achever sa phrase que déjà Henri s'élance :

— Figurez-vous qu'en quatre-vingt-treize, l'année de mon tirage au sort, ça ne date pas d'hier, il existait encore des coucous tirés par un cheval. Des voitures à deux roues très hautes. C'est peut-être bien de là que vient le nom...

Léa essaie de l'arrêter pour expliquer à Mimile ce qu'elle attend de lui. Mais elle devra patienter et tenir sa langue un bon moment pour écouter l'interminable historique des chemins de fer, retracé à deux voix, par l'ancien boulanger et le mécanicien du coucou.

— Moi qui te parle, fait le vieux, j'ai bien connu Clément. Oscar Clément qui était mécanicien grande roue.

— Moi aussi, je l'ai connu. A la retraite.

— Je te parle du temps où il y avait encore les gabelous qui vérifiaient les estampilles des briquets. Un jour, sur le quai de la gare de Laroche-Migennes, près du grand dépôt de locomotives, il y en a un qui s'avance avec sa cigarette et qui demande du feu à mon Clément. Et le voilà de prendre son briquet de la loco qui fait une flamme comme un chalumeau et de la coller sous le nez du gabelou. Tu peux croire que l'autre n'a pas traîné. Toute la gare rigolait.

— Quand j'ai commencé, fait Mimile, à Culmont-Chalindrey, on nous donnait...

Les enfants sont fascinés. Tout un monde de voyages dans une autre époque s'ouvre devant eux. Et l'attention qu'ils portent à ce qu'elle tient pour des vieilleries exaspère Léa encore davantage que les vieilleries elles-mêmes.

C'est seulement lorsque, ayant soudain consulté sa montre, le mécanicien se lève pour partir que Léa peut lui demander :

— Dites-moi, Mimile, est-ce que vous nous mèneriez à la pêche, moi et les petits, un de ces jours ?

La trogne s'illumine d'un large sourire.

— Bien sûr que oui. Je suis de campos samedi prochain...

Il se tourne vers Henri.

— Et M. Gueldry viendrait aussi ?

— Moi ? Fichtre non ! Je n'ai jamais ni pêché ni chassé, j'ai autre chose à faire que de m'amuser !

Accompagnant Mimile jusqu'à son vélo, Léa hausse les épaules en grognant :

— Seigneur, ce qu'il faut entendre !

IV

La guerre de tranchées

UN insecte qui a dû entrer par la salle à manger vient bourdonner dans la cuisine. L'abat-jour sonne comme une cloche et Léa sursaute.

— Je m'étais assoupie.

Elle se lève et décroche un torchon à vaisselle. L'insecte va battre tambour à la vitre. Léa s'approche et regarde mieux. C'est une abeille... on ne tue pas une abeille.

Léa ouvre la fenêtre et chasse l'insecte qui trouve aussitôt son chemin entre deux lames de bois. Elle pousse tout de même les persiennes et, aussitôt, sous ses paupières mi-closes, son regard ébloui fouille le jardin d'Henri écrasé de lumière. Elle cherche.

Les deux garçons se trouvent près du hangar. L'aîné serre sous son bras droit un morceau de bois que ses deux mains pointent vers l'avant. Il progresse lentement en rasant le mur de planches noires. Son frère est à quelques pas, accroupi sous le gros buis tout proche de la pompe. D'un coup, il bondit en direction de quatre caisses à pommes disposées de telle sorte qu'elles ont l'air d'un camion.

— Imbécile, souffle Léa. Pas comme ça !

Promenant de gauche à droite son tronçon de piquet à tomates, Adrien secoué par le recul des détonations balaie d'une courte rafale. Fauché en pleine course, son petit frère fait un geste fou des deux bras qu'il lève au ciel pour les rabattre tout de suite. Mains collées au ventre, il se casse en deux et s'écroule pour se tortiller sur le sol comme la moitié d'un ver de terre.

Léa hausse les épaules.

— S'ils sont tous comme ça, la prochaine fois, on laissera encore passer les Boches.

Le mort s'est relevé. A présent, il s'installe dans les caisses à pommes où sont déjà deux enfants. Les caisses se mettent à tanguer, tandis que trois autres garçons sortent de dessous les noisetiers.

Léa quitte la fenêtre. L'envie de descendre la démange, mais, chaque fois qu'elle est sur le point de se décider, il lui semble que le mal de tête qui l'a retenue chez elle cet après-midi reprend de la vigueur.

Et puis, comme une bienheureuse soudain touchée par le doigt lumineux du Tout-Puissant, elle porte les mains à sa poitrine. Son visage s'éclaire. Elle rayonne.

— Mais oui, c'est ça !

Elle file vers le couloir, coiffe en vitesse un chapeau de paille en forme de casque colonial, empoigne d'une main ferme sa canne de guerre et se met en route d'un pas conquérant.

Comme elle débouche du porche, la propriétaire sort de sa cuisine et s'avance pour lui parler. Léa fait de sa main libre un geste qui la cloue sur place.

— Tout à l'heure. Il faut que je m'occupe des enfants !

Et elle file sous le gros soleil qui donne à la cour déserte des allures de Sahara.

Lorsque Mme Buatier voit revenir son amie, elle a du mal à en croire ses yeux. La canne en bataille, le casque de paille crânement posé sur le côté, Léa marche d'un pas très cadencé en tête d'une troupe de gamins. Ses deux petits neveux blonds comme les blés sont suivis par six enfants du quartier tous à peu près entre huit et dix ans. Fermant la marche et légèrement à la traîne, la petite Colette, poupée sur le bras, suit d'un pas qui va du sautillement à la traînasserie. Passant à hauteur de la propriétaire qui s'est assise sur le seuil pour tricoter, Léa aboie :

— Pour saluer m'ame Buatier, à mon commandement : tête gauche !

Décidément peu militaire, Colette se détache en courant pour aller embrasser Mme Buatier. Léa fait comme si elle n'avait rien vu. Quand la troupe s'engage sous le porche, la voisine quitte son fauteuil de rotin et se précipite pour s'assurer que Léa monte bien à son appartement avec cette armée poussiéreuse et quelque peu débraillée.

C'est bien ça ! Et Colette qui se dépêche de rejoindre appuie :

— On va chez tante. Elle a des trucs à nous montrer... des chouettes trucs... Tu viens pas voir, toi ?

La petite s'engage dans l'entrée tandis que Mme Buatier soupire :

— Je ne pense pas qu'elle me verrait arriver d'un bon œil...

LÉA vient de faire entrer tout son monde dans sa cuisine.

— Vous allez rester debout, ce sera plus facile. Je n'ai pas assez de chaises et ça tiendrait trop de place.

Les enfants se serrent autour de la table. Léa fait signe à Adrien.

— Toi, viens m'aider.

Elle l'entraîne dans le bureau de Charles.

— Donne tes bras.

Elle lui colle sur les bras une pile de *Miroirs de la Guerre* et de numéros de *L'Illustration* de 14-18. Elle prend elle-même une boîte à chaussures pleine de cartes postales et de photographies. Ils vont déposer le tout sur la table de la cuisine et Léa s'appuie des fesses contre le coffre à bois. Elle domine très bien la situation. Là, quittant son chapeau et posant sa canne contre la cloison, elle se racle la gorge et commence :

— Je vous ai vus, depuis ma fenêtre. Votre guerre, ça ne rime à rien. Vous êtes là, à vous trémousser dans des caisses à pommes...

Adrien intervient :

— C'est nos chars d'assaut.

— Il y a aussi une automitrailleuse, précise un petit brun qui doit avoir du sang arabe dans les veines et que Léa aime tout de suite.

— D'accord, admet Léa. Mais les batailles de chars, ça ne dure pas. Et c'est toujours pareil. Ce qui est bien, c'est la guerre de tranchées. La vraie, quoi. Celle de quatorze-dix-huit ! Regardez un peu ça.

Les revues se mettent à circuler autour de la table.

— Attention, ne les déchirez pas.

— Y devaient être bien dans ces trucs-là, les mecs !

— Les cagnas, mes petits, bien organisées, c'était pas si mal que ça.

— Par ces trous, y pouvaient tirer sans se faire voir.

— Ben, les autres aussi, ils avaient des créneaux.

— Vise comme il est fringué, ce vieux-là !

— Dis donc, dans la neige, ça devait être rudement chouette !

Il y a des rires, des cris, des éclats d'admiration. Léa commente avec autorité. Elle explique. Elle sait tout. Rien de ce qui touche à cette guerre ne lui est étranger.

— C'est sûr que si on avait une tranchée, dit un grand au nez retroussé et au menton tout boutonneux, on se marrerait drôlement.

— Alors, lance Léa, faut en creuser une !

135

Un silence épais comme la fumée d'un 205 tombe entre eux ; là, au beau milieu de la table, où les revues et les photographies sont étalées. C'est l'instant que choisit une autre abeille pour entrer dans la pièce et venir tournoyer autour de Léa. Furieuse, la vieille dame empoigne un *Miroir de la Guerre* et lance :

— Ah non, c'est pas le moment !

Elle n'a même pas à lever son arme. Terrorisée, l'abeille file plus vite qu'elle n'était entrée.

— Creuser une tranchée, dit Adrien, c'est bien beau, mais où ça ?

Le concert se déchaîne. Les uns parlent d'aller hors de la ville. Les autres pensent au vieux parc des bains, d'autres à la colline et Léa doit les faire taire pour dire :

— Vous n'y songez pas. Tout ça est trop loin. Et c'est sûrement défendu. Mais... mais...

Elle hésite un peu. Colette vient se coller contre ses jambes. Léa se lance :

— Mais à l'endroit où vous étiez tantôt, ce ne serait pas si mal.

Autre explosion de silence. Puis, la petite voix de Denis, pareille à un appel de détresse :

— Vouaille ! La tête de grand-père !

Avant même que les autres puissent réagir, Léa intervient :

— Pourquoi ferait-il la tête ? Entre la remise et la pompe, il n'a jamais rien fait pousser. Maintenant, d'ailleurs, le reste du jardin ne vaut pas mieux. Mais quand votre papa avait votre âge, avec ses copains, ils en avaient fait une, de tranchée. Juste à cet endroit-là. Ma pauvre sœur disait que c'était le seul moyen qu'il n'aille pas dans la rue fréquenter des voyous.

— Ben, ma foi.

— C'est vrai, papa nous en a parlé.

— Vous croyez ?

— Le père Gueldry ?

— Ce serait chouette.

— Et les outils ?

— Grande, on la ferait !

— Avec une cagna.

— Jamais y voudra.

Léa lève la main.

— Demain, vous venez avec moi. Vers les neuf heures, avant la grosse chaleur, M. Gueldry prend toujours un peu l'air en lisant son journal sous sa tonnelle. Faudra seulement avoir un peu de patience. Écouter en silence ce qu'il aura à nous raconter. Et quand le moment sera venu, on lui demandera... Je vous ferai signe.

Elle s'arrête, les regarde tous lentement au fond des yeux comme Charles devait sonder l'âme de ses poilus avant l'attaque, puis, posant sa main sur la tête bouclée de sa petite-nièce, elle dit :

— Il faudrait que ce soit Colette qui demande. Il ne sait rien lui refuser.

La fillette qui était en contemplation devant sa poupée habillée de neuf avec des chutes de rideaux que sa tante lui a données, semble tomber des nues :

— Demander quoi?

Un énorme soupir général de découragement crève. Le grand au nez en pied de marmite lance :

— Merde, celle-là, elle est vachement bouchée!

Le lendemain matin, Henri Gueldry n'est pas installé sous sa treille depuis dix minutes, que la petite Colette, envoyée en éclaireur, vient se coller contre sa jambe.

— Tu lis les nouvelles, grand-père ?

— Tu vois... Tu es toute seule ?

— Les autres sont pas loin.

En effet, les autres sont à l'angle de la remise. Léa surveille. Quand elle voit que le vieil homme replie son journal, elle ordonne :

— Vous deux, allez-y.

Ses deux petits-neveux rejoignent leur sœur et le grand-père paraît tout heureux de les voir arriver. Alors, se tournant vers le reste de la troupe, Léa ordonne :

— Vous, vous restez ici et vous attendez sans faire de bruit. Toi, nez troussé, tu es responsable.

Elle s'avance à son tour et vient rejoindre les enfants.

— Ah ! Je vous cherchais, fait-elle.

— Ils sont sagement près de moi.

— Ils ont bien raison, avec la chaleur qui s'annonce !

139

Léa va pour s'asseoir sur une chaise de jardin, mais une paire de pinces universelles s'y trouve.

— Enlevez ça, dit Henri. Donnez. Mon fauteuil brandigottait et ça couinait de partout ; il y avait juste à resserrer les boulons.

Adrien qui a pris les pinces pour les tendre à son grand-père les examine. Elles sont énormes dans sa petite main, et très noires sur sa peau claire.

— C'est des drôles de pinces, grand-père !

Le vieux les prend et commence :

— Ce sont des pinces d'électricien. Tu vois, le métal est couvert d'ébonite, ça fait isolant, et on ne risque pas que l'électricité vous fasse mal.

— Qu'est-ce que c'est, l'ébonite ?

— Ma foi, je crois bien que c'est à base de caoutchouc, mais je ne le parierais pas.

Le vieil homme se carre confortablement dans l'antique fauteuil de métal dont le piètement grince encore un peu, se racle la gorge et commence :

— Figure-toi que pendant la guerre de quatorze, j'étais mobilisé...

Léa qui s'est installée murmure pour elle :

— S'il se borne à celle-là, on s'en tire bien. Ce n'est pas la plus longue.

— J'étais mobilisé aux Annexes militaires, à la boulangerie. J'étais déjà trop vieux pour l'active, et nous faisions le pain pour les poilus. On travaillait par postes. Les trois-huit. Et je peux vous dire que les poilus qui ont mangé de mon pain ont été bien nourris. J'étais chef de fournil.

Comme il se cure la gorge, Denis avance le museau et Léa comprend qu'il veut poser une question. Elle foudroie le petit du regard et lui adresse un signe de la main. La tante leur a fait promettre d'écouter sans piper mot. L'enfant rengaine sa question et Henri reprend :

— Je me souviens très bien. C'était dans l'hiver 16-17. Une nuit, je rentrais avec ma boule sous le bras. Il faut vous dire que nous avions droit à une boule par jour. Je la rapportais à ma logeuse, une brave femme que vous avez dû connaître, Léa, la mère Brancourt. Elle est morte à près de cent ans. Donc, une nuit, je rentrais. Il faisait un froid de tous les diables et une obscurité à couper au couteau. Je me souviens, j'avais eu une journée très dure. Pour nous aider, on nous donnait des vieux ou des inaptes aux tranchées qui ne connaissaient rien du tout à la boulangerie. Le comble, c'est que j'avais touché deux bicots. Braves gens, mais pas solides et fainéants comme c'est pas possible. Maigres tous les deux comme un grillage. Ils faisaient pitié. Je crois bien qu'ils s'en allaient de la poitrine. C'est fatal, votre tante Léa peut le dire, elle qui le connaît : leur pays, ce n'est pas un pays froid. Alors, chez nous...

Il regarde Léa qui se borne à approuver d'un signe, soucieuse qu'elle est de ne pas allonger le récit. Un peu étonné, le vieil homme attend quelques instants avant de poursuivre :

— C'est bon, j'avais eu une journée pénible à cause de ces deux ostrogoths qui crachaient partout

141

que c'en était écœurant. Je ne pouvais rien en tirer.
Juste capables de se coller le dos contre l'étouffoir à
braises pour se réchauffer la carcasse. Je rentrais
donc fatigué et pas de très bonne humeur. Il faut
vous dire que la mère Brancourt habitait faubourg
de Chalon, tout au bout de la rue Roger-Perrot.
Mon chemin le plus court, c'était de suivre la voie
de chemin de fer. Chez elle, il y avait son frère aîné.
Un ancien de soixante-dix qui me racontait le siège
de Paris. Un brave homme. C'est bon, je suivais la
ligne en marchant sur les traverses. Même par nuit
noire, c'était bien commode. Quand le pied a pris
sa cadence, ça va tout seul. Il suffit de se mettre la
distance dans les jambes et de conserver un pas
bien régulier. Des étoiles, mais pas de lune. Une
petite bise qui vous pinçait le nez, surtout en
sortant du fournil. Bon, je vais un bout, et, arrivé à
la hauteur de l'usine Mognotte, voilà que mon
soulier droit bute dans du métal qui s'en va cogner
contre le rail. Je me dis : voilà qui n'est pas
ordinaire.

Il s'arrête pour rallumer son mégot éteint depuis
un moment. Il incline la tête à droite pour ne pas se
griller les moustaches. Les enfants qui s'attendent
au pire demeurent bouche bée sans oser bouger un
cheveu. Le grand-père tire trois bouffées qui s'en
vont lentement entre les feuilles de la treille, puis :

— Vous comprenez, nous étions en pleine
guerre. On nous parlait tous les jours des espions et
tout. Quelqu'un pouvait en vouloir à la voie ferrée.
Il passait constamment des trains de troupes et de

142

matériel. Je me dis : Gueldry, il faut te méfier, si ça se trouve, il y a par ici un truc qui risque de te sauter à la figure. Je pense à m'en aller pour prévenir, mais je me dis : si un train bourré de blessés s'en vient et que ça explose, ça sera bien pire. Je me dis : après tout, tu es soldat. Et me voilà à quatre pattes sur les traverses, avec mon briquet allumé à la main. Ce n'était pas facile à cause de la bise. Tant bien que mal, je cherche. Oh ! pas longtemps. Qu'est-ce que je vous dirais bien, peut-être deux minutes. Et deux minutes, dans des moments pareils, vous pouvez me croire, ça laisse le temps d'une bonne suée. Même avec la bise.

Léa se retient à quatre de ne pas crier : « Mon pauvre Henri, si vous aviez été à Verdun ou aux Dardanelles, qu'est-ce que vous auriez fait ? »

Les enfants sont tendus. Ils attendent l'explosion.

— Deux minutes peut-être. Et qu'est-ce que je trouve ? Cette paire de pinces. Naturellement, je la ramasse en me disant : celui qui l'a perdue ne viendra pas la chercher ici. Le lendemain, je montre ma trouvaille au frère de ma logeuse. Il me dit : Gueldry, c'est un bel outil. Je lui dis : Le voulez-vous ? Il me dit : Non, je suis trop vieux. Ces pinces te feront plus d'usage qu'à moi... Et c'est vrai : elles m'ont fait bien de l'usage. Et elles en feront encore après moi, à qui voudra les conserver en état.

Il soupire. Contemple son auditoire un peu

décontenancé par cette chute sans éclat, puis, se tournant vers Léa, il soupire :

— Les outils, on ne les use que rarement, et on ne les emporte pas avec soi.

Léa qui s'était légèrement assoupie se réveille pour bondir sur cette occasion qu'elle n'espérait pas si belle.

— Vous avez bien raison. C'est comme la terre, celle qu'on a travaillée toute sa vie, on ne l'emporte pas non plus dans l'autre monde.

— C'est bien vrai. Votre pauvre sœur en sait quelque chose. Elle s'est assez crevée dans ce jardin, et quand je le vois dans l'état où il est !

Les enfants commencent à remuer.

— N'empêche, dit Léa, que d'où elle est, ma bonne Lolotte doit être bien aise de voir ses petits-enfants s'amuser dans son jardin.

Tout en parlant, elle secoue un peu Colette qui se borne à la regarder d'un air étonné.

— C'est vrai, dit le vieux. Hier, ils s'en sont donné à cœur joie.

Comme sa sœur ne se décide toujours pas, c'est Adrien qui intervient :

— Oui, on jouait à la guerre. Seulement, on voudrait faire comme mon papa quand il était petit, on voudrait jouer à celle de quatorze.

Le vieux Gueldry a un geste évasif. Il souffle de la fumée à travers sa moustache :

— Bah, tu sais, elles ne sont pas plus drôles les unes que les autres. Même ceux qui ne sont pas au front, ils en bavent. Je vous prends un exemple...

144

Léa est persuadée qu'il repartirait aisément pour une bonne demi-heure. Elle l'interrompt :

— Je crois qu'ils rêvent d'avoir une tranchée.

Le mot est comme une décharge électrique pour Colette qui bat des mains en criant :

— Oh oui! grand-père, une tranchée! une tranchée!

— Ah, fait le vieux, une tranchée comme votre papa. Eh bien, en tout cas, ne comptez pas sur moi pour vous la creuser avec une chaleur pareille!

Dès que le vieux Gueldry a prononcé ces mots, ils ont bondi, filé comme une nichée de rats, le laissant interdit sous sa treille à bredouiller :

— Eh bien, au moins... Eh bien, au moins, ça ne traîne pas... Et cette vieille folle qui m'a tout l'air d'avoir le feu aux fesses encore plus que les gosses.

C'est vrai que Léa n'est pas la dernière. Chapeau de paille en bataille, la canne brandie comme un sceptre, elle lance des ordres :

— Toi et toi, aux outils. Pelle et pioche dans la remise et attention de ne rien démolir. Vous deux vous allez me tracer l'emplacement. Je veux une tranchée assez longue.

Les enfants obéissent, sans doute mieux qu'à l'école.

— Toi, Colette, tu vas dans la cuisine du grand-père et tu rapportes le vieux pot à eau. Tu sais, celui qui est marqué Pontarlier Anis. Et aussi un verre. Tu es la cantinière. Quand les sapeurs auront soif, tu vas chercher de l'eau à la pompe.

Il fait une chaleur à ne pas mettre un terrassier

sénégalais au soleil, mais personne ne rechigne. Léa réfléchit, arpente le terrain et propose :

— Qu'est-ce que vous diriez de deux tranchées ?

— Ah oui ! Deux tranchées.

— La guerre, si on n'a pas d'ennemis, c'est pas la guerre.

On trace deux emplacements et les travaux commencent. Léa demeure un bon moment à surveiller puis, tout de même un peu assommée par le soleil, elle dit :

— Continuez comme ça. Je ne suis pas loin.

Elle retourne s'asseoir sous la tonnelle où Henri, après avoir observé de loin l'ouverture du chantier, s'est remis à sa lecture. Dès qu'elle le rejoint, il pose son journal sur la table de fer dont la peinture s'écaille et demande :

— Pensez-vous vraiment qu'ils vont les trouver ?

Léa rougit jusqu'aux oreilles.

— Mais quoi donc ?

— Eh bien, vos armes... Et mon vieux Lefaucheux.

— Oh ! Je ne pensais plus à ça !

Le vieil homme mordille sa moustache avec sa lèvre inférieure puis, le sourire à peine dessiné, d'une petite voix tranquille, il fait :

— Tiens, mon œil !

Léa est très mal à l'aise. Elle se tortille un moment sur sa chaise qui couine. Elle se hausse du col comme pour surveiller les enfants en coulant un regard entre les feuillages. Toujours de sa voix tranquille, son beau-frère remarque :

— Moi, j'ai dans l'idée que Charles n'aurait peut-être pas creusé si près de mon hangar.

— Ah! qu'est-ce qui vous fait dire ça?

Il y a un peu d'ironie dans le ton et dans le regard qu'elle lui lance.

— Charles, c'était un ancien combattant. Et gradé, en plus. Il savait qu'une construction, un obus peut la foutre par terre. Si la remise s'était écroulée, il aurait eu du mal à récupérer son matériel, alors que plus au large...

Léa se sent vexée. Et comme si ce fichu vieux fou s'ingéniait à la blesser encore davantage, le voilà qui ajoute, toujours avec son petit air de ne pas y toucher :

— Moi, ce que j'en dis, c'est ce que j'ai toujours entendu raconter. Mais le front, je n'y suis pas allé... moi, j'étais aux Annexes, vous savez bien, Léa! J'étais trop vieux pour le front!

— Pour le savoir, je le sais, souffle-t-elle entre ses dents serrées sur sa colère.

Henri n'a pas entendu. Ou du moins, il fait comme si. Du même ton tranquille de l'homme qui suit son chemin sans encombre, il ajoute :

— A mon idée... je dis bien : à mon idée, mais je répète que je n'ai pas fait la guerre à l'avant, s'il a creusé dans ce coin-là, ce serait beaucoup plus près de la pompe.

Léa se contient à peine. Elle va sans doute lui crier qu'il aurait pu le dire plus tôt, mais Henri ne lui en laisse pas le temps.

— Tout à l'heure, dit-il, vous parliez de la terre.

Il y a Magnin, vous savez, le gros Magnin qui fait le ramassage des peaux de lapin, vous le connaissez ?

— Qui ne le connaît pas ?

— Eh bien, il a perdu sa femme.

— Ah ! je ne savais pas.

— Oui. Il faut dire qu'avec ce qu'elle a bu, celle-là ! Bref, il n'avait pas de concession. Il a voulu en acheter une, eh bien, il a pas pu. Sa femme à la fosse commune. Trop cher. Et les Magnin, lui et sa femme, ce sont tous les deux des orphelins de guerre.

— Je ne savais pas.

— Moi, je me souviens, en juin 1916. Au moment où ça bardait si fort à Verdun, le soir, quand le vent était favorable, avec ma logeuse, la mère Brancourt que vous avez bien connue, on s'asseyait sur le banc, derrière sa maison. On entendait rouler le canon. Et on disait : « Les pauvres gars, ce qu'ils doivent prendre. » Pour ceux-là, la terre n'était pas chère...

— Je le sais, fait Léa sèchement. Charles était au fort de Vaux.

— Oui. Mais je ne le connaissais pas encore. Sinon, c'est bien sûr que j'aurais pensé à lui.

— Pan. Pan pan. Tak tak tak tak.

— Tzziouou ! Raaouff !

— T'es touché !

— C'est toi.

— Couchez-vous !

Léa se lève d'un bond.

— Qu'est-ce qui vous arrive ? demande Henri.

149

— Vous n'entendez pas ?

— Quoi donc ?

Le vieux prête l'oreille quelques instants.

— Ah, fait-il, ce sont les enfants.

Mais Léa, le chapeau de travers, la canne en moulinet, fonce déjà en direction des premières lignes.

— Qu'est-ce que vous faites ?

Elle arrive en pleine bataille. Les mottes de terre claquent contre la murette qui prolonge le bassin de la pompe. Elles éclatent en libérant de petits nuages blonds. D'autres tombent dans l'eau avec de gros ploufs et des éclaboussures de soleil.

— Mais vous êtes fous ! braille Léa. Sur qui tirez-vous ?

— Ils nous ont attaqués !

— Qui ?

— L'ennemi.

Elle lève les yeux au ciel.

— Personne n'a pu vous attaquer. La tranchée n'est pas finie.

Les enfants s'arrêtent et plusieurs voix disent :

— C'est dur.

— On peut plus.

— Fait trop chaud.

Leur trou est à peine commencé, on y cacherait tout juste une nichée de chatons ; et encore, à condition qu'il fasse nuit et que les chats soient gris.

— Allons, prenez vos outils. Je vais vous aider. Nous allons creuser plus près de la pompe. Il paraît que c'est beaucoup moins dur. Ce que vous avez fait là, ce sera la tranchée des Boches.

Épuisés, moulus, ruisselants et haletants sous la chaleur écrasante, les poilus la suivent sans rechigner. En vrai chef, elle montre l'exemple. De la pointe ferrée de sa canne, elle égratigne la terre que la petite Colette dégage avec sa pelle à faire des pâtés de sable. Les garçons creusent plus sérieusement.

— C'est vrai, observe le grand au nez retroussé, c'est vachement moins dur.

— Je vous l'avais dit.

— Faut aller profond, si on veut faire un blockhaus, dit Adrien.

— On ne dit pas blockhaus, rectifie Léa, on dit une cagna.

Une fois les enfants bien lancés, Léa retourne s'asseoir près d'Henri qui ne replie même pas son journal pour demander, avec un regard moqueur par-dessus ses petites lunettes :

— Alors, c'est la Marne ?

— Exactement. On s'enterre sur place et on tiendra. Simplement, on creuse plus près de la pompe.

Le vieux va répliquer lorsque la petite Colette arrive en pleurant, de la terre plein les cheveux.

— Y m'ont jeté de la terre. Y veulent pas de moi. Y disent que je peux pas être soldat puisque je suis qu'une fille.

Léa nettoie tant bien que mal les boucles blondes et essaie de consoler l'enfant dont les sanglots ne font que se multiplier. Soudain, la vieille dame se lève.

— Ah, tu ne peux pas être soldat ? Eh bien, tu seras capitaine. C'est beaucoup mieux. Viens avec moi.

Les sanglots cessent instantanément. Sa canne d'une main, Léa entraîne la petite. Comme elle

tourne le dos à la tranchée, l'enfant demande :
— Où on va ?
— A Saint-Cyr !
Le ton n'admet aucune réplique. La gamine trottine à côté de Léa qui allonge le pas. Elles montent. Léa prend la clé de son garage et les voici qui redescendent et retraversent la cour. Léa entrouvre la porte du garage, fait entrer l'enfant, allume la lumière et referme. Après l'éclat éblouissant du jour, l'ampoule qui pend au plafond a l'air d'une veilleuse.
— Qu'est-ce que c'est que tout ça ?
— Ce sont nos affaires à moi et à l'oncle Charles. Tu vas voir.
Elle se glisse entre des caisses et les bicyclettes et ouvre la cantine. L'enfant se penche :
— Oh ! la ! la ! Ce que c'est beau !
Sur des pantalons rouges et une veste d'un bleu délavé, il y a deux képis rouges à galons dorés. Léa prend le plus mité et le pose sur la tête de la petite qui disparaît à moitié.
— Attends, on va arranger ça.
Elle ouvre une valise où se trouvent d'autres vêtements. Elle sort une robe et prend le papier de soie qui l'enveloppe. Elle l'arrange au fond et tout autour du képi. Après trois essayages, la coiffure tient assez bien sur la tête de Colette sans obstruer sa vue.
— Tu n'auras qu'à pas trop secouer la tête et pas te pencher en avant.
Léa essaie de faire tenir les épaulettes, mais elle

153

doit y renoncer. En revanche, elle se donne le temps d'enrouler les jambes grêles de l'enfant de bandes molletières qui ont dû être bleu horizon.

Elle va fouiller sous des piles de journaux et revient avec un casque français, un casque allemand et une immense musette d'un blanc pisseux.

— On va rigoler.

Elle tire de la cantine un ceinturon, fait deux tours autour de la taille de Colette et accroche le casque par la jugulaire.

— Il faut t'arranger pour qu'il reste sur le côté, sinon, ça te fera mal aux mollets.

Dans la musette, elle enfourne la lourde gamelle allemande. Comme elle va pour refermer la musette, la petite enfonce son index minuscule dans un trou.

— Pourquoi y a ça?

— C'est une balle qui est entrée par là. Et le Boche est mort.

— Tu l'as vu?

Léa hésite.

— J'en ai vu bien d'autres.

— Toi, t'étais capitaine?

Là encore, Léa marque un petit temps avant de répondre en soupirant :

— C'est pareil.

Puis, plus haut, mi-enjouée mi-autoritaire :

— Allons, en route mauvaise troupe!

Elle entrebâille la porte. Le grand soleil les éblouit. Léa regarde dehors. La cour est déserte. Se ravisant, elle se retourne.

— Quand tu vas arriver vers eux, tu crieras :
« Garde à vous ! » Allez, dis.

— Gare à vous.

La petite voix essaie d'être énorme.

— Pas gare à vous. Garde à vous !

Après trois essais, Léa renonce.

— Ça ira comme ça.

Elles sortent et marchent en direction de la maison Gueldry. Le vieux a quitté sa place. Léa va jusqu'à l'angle et lance un coup d'œil. La tranchée est assez avancée mais les garçons ont abandonné leur poste. Ils sont en train de transporter des couvercles de caisses à pommes qu'ils sortent du hangar.

— Allez, vas-y ! Et n'oublie pas : tu es capitaine !

Avec le casque qui lui scie le mollet gauche et la musette qui lui bat le droit, l'enfant peine un peu. Le premier qui la voit, c'est le fils de la crémière, un gros joufflu que Léa aime bien. De son poste d'observation, elle l'entend donner l'alerte :

— Merde, les gars, un troufion !

Les autres se retournent, médusés. Colette crie ce que sa grand-tante lui a dit de crier, mais nul ne l'entend. Ils se sont tous précipités en braillant comme des barbares et voilà qu'ils l'entourent sans oser trop approcher. La fillette se tient raide et les observe avec un sérieux qui semble leur en imposer.

— Putain ! Ce que t'es belle, lance le grand au nez en trompette.

155

— Où t'as déniché ça?

— Qu'est-ce que t'as dans ta musette?

— Viens dans la tranchée, elle est presque finie.

Ils parlent tous en même temps et, toujours sans oser la toucher, ils essaient d'entraîner Colette vers leur trou.

— Viens, on a presque construit la cagna.

Avant de les suivre, Colette tient à leur montrer son trésor. Elle ramène la musette devant elle et l'ouvre avec mille précautions. Quand le casque paraît, le silence se fait. Il dure au moins une minute pleine. Colette s'est baissée et a posé la gamelle devant elle. Ils font le cercle, accroupis ou agenouillés. La petite enfile son doigt dans le trou et dit :

— Vous voyez, il est mort.

— Ça alors, c'est pas du bidon, les gars!

— Vouaille, le mec, ils l'ont pas manqué.

— C'est vachement puissant, une balle.

— Tu parles, en pleine tronche, ils l'ont eu!

Léa s'est approchée sans bruit. Quand son ombre atteint le casque, les regards se lèvent. Adrien demande :

— Où c'était?

Léa qui n'en sait absolument rien répond sans hésiter :

— Au fort de Vaux, près de Verdun, en 1916.

Léa qui a trop chaud les laisse se débrouiller. Pour le moment, la seule chose dont Colette accepte de se départir, ce sont les bandes molletières qui entravent sa marche et portent atteinte à son élégance. Quand Léa regagne la tonnelle, Henri a repris sa place. Il a vu passer sa petite-fille et se borne à dire :

— Ils en viendront vite à bout.

— A bout de quoi ?

— Vos affaires. Si les obus n'ont pas réussi à les détruire, ne vous en faites pas, les enfants ne mettront pas quatre ans pour y arriver.

Léa lui lance un regard sévère.

— Eh bien, je m'en fiche. Au moins, ces petits s'amusent. Et vous devez bien avoir aussi quelques vieilleries. Vous pourriez bien...

Il l'interrompt.

— Justement. C'est ce que j'étais allé voir. Seulement, c'est tout au fond du cagibi, sous l'escalier du haut. Quand Baptiste sera là, il ira les chercher, il s'est pas mal amusé avec à son heure. Mais moi, pour aller m'enfiler dans ce machin...

157

Le vieux parle dans le vide. Dès les premiers mots, Léa a repris sa canne. Elle est déjà à l'angle de la maison et appelle :

— Adrien ! Adrien ! Viens vite, mon petit.

— Nom de Dieu ! grogne le vieux, le Diable n'est plus maître en enfer !

Il se lève, mais le temps qu'il sorte de la tonnelle, l'enfant a déjà rejoint la tante et Henri renonce. Avec un geste de lassitude, il revient à son fauteuil en maugréant :

— Me foutront tout en l'air... c'est malheureux... plus chez moi... Pauvre Charles, le gradé, c'était pas lui. C'est sûr.

Il tourne délibérement le dos à sa maison, préférant ne rien voir du pillage qui s'opère.

— Mon képi du quarante-quatre. Un bidon. Deux ceinturons. Qu'est-ce qu'il y a encore ? Je me souviens même plus... Ah, si ! une paire de houseaux en beau cuir.

Léa ne reste pas longtemps dans la maison, elle en sort avec son petit-neveu coiffé du képi et qui porte une brassée de pièces d'uniforme et d'équipement. La vieille femme doit intervenir pour qu'un partage équitable se fasse. Comme plusieurs mains se lèvent pour le casque allemand, Léa fait tirer à la courte paille. Pour toutes ces opérations, on s'est mis à l'ombre de la remise. Sous sa tonnelle, le vieux Gueldry ronchonne :

— L'Italienne est pas là. C'est elle qui devait faire à manger. On va se mettre à table à point d'heure. Aussi, est-ce que Baptiste et sa femme

158

n'auraient pas pu garder leurs gosses? Je te demande un peu. Nous vivons une drôle d'époque.

Comme si elle l'avait entendu, Léa revient avec Colette et ses deux frères. En s'efforçant de sourire, Henri dit :

— Je vois que la guerre ne vous fait pas oublier l'heure de la soupe. Mais la corvée n'est pas arrivée. Je ne sais pas ce qu'on va manger.

— La corvée, elle sera vite là, lance Léa. Colette et Denis, vous mettez le couvert, toi Adrien, tu viens avec moi chercher le rata.

— Qu'est-ce que c'est, votre rata? demande le vieux Gueldry.

— Une surprise.

Il la regarde s'en aller, puis monte chez lui surveiller les deux enfants qui risquent de lui casser sa vaisselle. Il arrive pour les voir mettre sur la table des assiettes creuses et des cuillères.

— Allons, voyons, pas de soupe par un temps pareil, ça m'étonnerait que...

C'est la petite Colette qui lance :

— A la guerre, y a toujours de la soupe. C'est tante Léa qui l'a dit.

Le vieil homme soupire, l'air désespéré :

— Vraiment, celle-là !

Colette porte toujours son képi rouge, mais très en arrière. Des mèches de ses cheveux sont collées à la visière. Des rigoles de sueur ont tracé des chemins dans la poussière sur ses bonnes joues roses.

— Et voilà le couscous ! crie Adrien. Ceux qui sont en panne de voiture s'en passeront !

159

L'enfant précède Léa. Ils font leur entrée dans la cuisine en bousculant le store de perles qui grésille. Ils portent chacun un panier où sont calés une marmite de terre et d'autres récipients enveloppés de torchons.

Les enfants n'ont encore jamais goûté à ce plat, mais on leur en a tellement parlé ! Léa guette la réaction de son beau-frère. Le vieil homme hoche la tête, son menton se plisse puis sa moustache bat des ailes.

— Ça alors ! Ma pauvre Léa, vous vous êtes donné bien du mal. Et avec cette chaleur.

— Cette chaleur ? Mais quel temps croyez-vous donc que nous avions en plein bled ? Et pourtant, c'est là-bas que j'ai appris à le faire !

— Tout de même, tant de peine.

— Plaignez-vous, vous adorez ça. A cinq heures, j'étais debout.

— C'est sûr, que je l'aime, et ça fait une paie que je n'en ai pas mangé.

Une grande joie envahit la petite maison aux volets tirés. C'est la fête. Ils sont cinq enfants autour de la table. L'aîné qui a soixante-seize ans n'est pas le moins bavard. Il parle, et Léa qui ne l'écoute pas raconte de son côté.

Henri se remémore les arbis des Annexes qui cuisaient leur couscous dehors, en faisant du feu par terre. Léa est en plein désert. Ça va très mal. On se bat jour et nuit mais on trouve tout de même le moyen de faire le couscous.

Ils vont ainsi jusqu'à plus faim, avec la semoule,

les légumes et le mouton. Avec la sauce rouge qui vous arrache la bouche et que les enfants n'ont même pas le droit de goûter. Ils vont jusqu'aux fruits et au moment où, du jardin, monte un coup de sifflet.

— La guerre, dit le grand-père qui, pour une fois a entendu, ça vous laisse tout juste le droit de manger.

Tandis que les enfants sortent, il leur lance encore :

— Criez pas trop fort. Je vais faire ma sieste.

— Eh bien moi, dit Léa dès que les enfants sont sortis, je vais me reposer un peu sous votre tonnelle.

— A mon avis, dit Henri Gueldry, la guerre sans la boue, ce n'est pas vraiment la guerre.

Léa serre ses lèvres minces et approuve d'un hochement de tête. L'Italienne qui vient d'arriver se tient à côté d'eux, au bord de la tranchée.

— Moi, fait-elle, je trouve que la poussière, c'est déjà pas mal.

Les autres garnements ont regagné leurs cantonnements respectifs. Le jour décline sur le champ de bataille semé de couvercles de caisses, de bâtons et de vieux sacs.

Ida qui entraîne la petite Colette plus poussiéreuse que ses frères grogne :

— Si encore il y avait une douche, dans cette maison !

Personne ne lui prête attention, surtout pas Léa qui s'est arrêtée devant la première tranchée à peine commencée et dit à ses petits-neveux :

— Tout de même, faut aussi que l'ennemi puisse se cacher. Demain matin, faudra me creuser un peu ça ! Quand on veut faire la guerre convenablement, il ne faut pas être trop paresseux, n'est-ce pas, Henri ?

— Ma foi... c'est souvent qu'on creuse des tranchées pour ceux d'en face.

En revenant à la maison avec Léa, Henri s'arrête soudain et se baisse. Au bord de l'allée, dans l'herbe qui pousse le long des dalles, il ramasse une tige de métal carrée d'un bout, dont l'autre extrémité renflée porte des stries convergeant vers une pointe.

— Eh bien, fait Léa, pour quelqu'un qui se plaint toujours de sa vue...

— A cette distance, je vois aussi bien qu'à vingt ans. C'est pour lire, que je suis gêné.

— Qu'est-ce que c'est ? demande Léa en montrant du doigt la trouvaille de son beau-frère.

— C'est une fraise...

— Ah bon ! c'est une fraise. Eh bien, si c'est tout ce que votre jardin peut donner, merci bien !

Henri n'est pas sensible du tout à ce genre de plaisanterie. Il s'est renfrogné.

— Qu'ils jouent dans mon hangar, je veux bien, mais s'ils s'en prennent à mon outillage, ça ne va plus. J'ai toujours aimé qu'on respecte les outils. Ça fait partie du respect qu'on doit à ceux qui s'en servent.

— Vous ne vous en servez plus guère.

Ils ont repris leur marche en direction de la maison. Henri s'arrête soudain et regarde sa belle-sœur d'un œil sévère.

163

— Je ne m'en servirai peut-être plus jamais, seulement les outils sont faits pour vivre plus longtemps que nous.

En attendant que l'Italienne serve le repas, ils vont s'asseoir sous la tonnelle. Léa n'a pas le temps de placer un mot que, déjà, Henri se lance :

— Figurez-vous que cette fraise à bois fait partie d'une série de mèches que j'ai achetées un matin, sur la foire.

— Vous ne deviez pas être le seul.

— Eh bien, justement, je ne sais pas si beaucoup ont fait l'affaire, toujours est-il que j'ai été le premier. C'était en avril ou mai, je ne sais plus très bien. Il faisait beau mais encore frais. Comme toujours, j'arrive au moment où les forains déballent. J'en vois un qui sortait de l'outillage. Moi, les outils m'ont toujours intéressé... C'est bon, les gens commencent à se rassembler. Moi, j'étais au premier rang. Le bonhomme fait son petit discours en expliquant qu'il faisait payer juste la série de mèches et donnait en surplus un rabot, des râpes à bois et une paire de fortes tenailles. Je n'avais pas de temps à perdre. Dès qu'il annonce le prix, je lève la main. Et le bonhomme de dire : « Ah, au moins, voilà un connaisseur. Un monsieur qui a compris tout de suite que je propose une affaire. Bravo, monsieur, les outils, vous connaissez ! »

164

— Mon pauvre Henri, votre camelot, il devait dire ça à chaque client. Mon Dieu que vous êtes donc naïf !

Henri va répliquer durement quand Ida sort sur le palier et claironne :

— A la soupe !

— C'est égal, gronde Henri, je veux qu'on respecte mes outils !

— Tout de même, dit Henri, cette venue des enfants, ça me chamboule. Figurez-vous que j'en ai oublié de remonter mon horloge comtois.

— Toise! lance Léa comme elle jetterait un couteau.

— Quoi?

— Je dis : toise. Et vous avez parfaitement compris. Vous le savez très bien, ça fait des années qu'on vous le serine dans les oreilles : on dit une horloge.

— Pas quand il est comtois.

— Qu'est-ce que vous me chantez là?

— La pure vérité : on dit une horloge, mais on dit un horloge comtois. Que voulez-vous! C'est comme ça! Le père Hormandon, qui était horloger dans la rue Georges-Oudot vous le dirait, s'il était encore de ce monde. Tenez, en 1902, un jour que je rentrais de ma tournée, je le rencontre qui s'en allait...

Léa se lève en maugréant :

— Eh bien, je fais comme lui, je m'en vais.

— Bien entendu, quand vous voyez que vous n'avez pas raison, vous préférez partir.

Martelant ses mots, elle réplique :

— C'est ça, vous avez raison, on dit *un* horloge. Comme vous dites une animal, ça compense. Je vais voir où en sont les enfants... J'espère que vous ne prendrez pas idée de leur faire faire du français !

C'est le premier jeudi du mois. Une grosse foire à ne pas manquer.

Léa et l'Italienne sont parties de bonne heure avec filets et paniers. Henri qui avait promis de surveiller les enfants s'est endormi dès après le départ des deux femmes, le nez sur son journal. Dans la cuisine aux volets clos, rien ne bouge que l'éternel remous noir des mouches tournoyant autour de la suspension de cuivre.

Sur la pointe des pieds, Adrien monte l'escalier. Il écarte le store en maudissant les perles qui s'entrechoquent. Il traverse la cuisine sans faire plus de bruit qu'une ombre et va à la salle à manger où Léa a laissé deux numéros du *Miroir de la Guerre*. Il les prend et file sans que le grand-père ait rien modifié au rythme de son ronflement.

Toute la bande qui attend à dix pas se réjouit sans trop crier.

— Y roupillait. J'aurais pu lui cravater sa casquette.

Il y a des rires et des :

— T'aurais dû.

— On se serait bidonnés.

— Tu l'aurais entendu, le vieux !

Ils filent s'asseoir à l'ombre de la cagna. Bien tassés pour que tout le monde puisse voir. Et Adrien feuillette les revues en protestant :

— Bousculez pas. C'est à la tante, si on les déchire elle sera plus avec nous.

— C'est vachement girond, les gars !

— Tu parles, qu'ils sont drôlement dans la boue, les mecs.

— Vouaille, le merdier !

— Visez ceux-là, plus haut que les genoux, ils en ont.

— Paraît qu'ils roupillaient là-dedans.

— Tu parles, y se seraient noyés.

— Non, mon vieux, c'est mon oncle qui me l'a dit.

— Ton oncle, et mon cul !

On rigole beaucoup.

— Mon grand-père à moi, il était soldat militaire dans l'armée.

— Et qu'est-ce que ça prouve ?

S'ensuit une dispute, puis d'autres exclamations d'extase devant d'autres images plus marécageuses encore.

Soudain, le grand au nez retroussé pousse un cri :

— J'ai une vache d'idée, les gars !

On le regarde en silence. Il prend son temps et déclare comme s'il annonçait la venue du Messie :

— La boue, ça se fait !

169

Ses copains s'interrogent l'un l'autre du regard, puis se tournent de nouveau vers lui avec étonnement.

— Ben quoi, fait-il en retroussant encore davantage son nez, qu'est-ce que vous avez à me bigler comme ça? La boue, c'est de l'eau pis de la terre. Pas plus.

Il y a quelques timides murmures d'approbation, et c'est la petite Colette qui finit par proposer :

— On pourrait peut-être en faire un petit peu... pour essayer.

— C'est ça, dit un autre, juste un petit peu.

— Et si on se salit? demande Denis.

— Oh! t'as qu'à faire attention.

— Pis, ça se nettoie, la boue.

— Quand tu joues au foot, t'en as bien à ta culotte!

— Il a raison, quand c'est sec, ça se brosse.

— Ceux qu'ont peur de dégueulasser leurs fringues ont qu'à se foutre à poil!

Ils se lancent encore quelques recettes de nettoyage et des conseils de prudence, puis une voix crie :

— Allez, les gars, on y va!

Et c'est la ruée sur les arrosoirs qu'Henri a laissés, bien alignés le cul en l'air, sur une planche placée en travers de la sapine la plus proche de la pompe.

On commence par en vider trois depuis le parapet dans le fond de la tranchée. La terre très sèche absorbe tout à mesure.

— Ça se voit même pas.
— Qui c'est qui descend ?
— Moi, je me déballonne pas.

Le fils de la crémière saute le premier. C'est à peine s'il salit ses semelles.

— C'est déjà tout bu. Envoyez l'orage !

D'autres arrosoirs sont vidés et le grand nez troussé pousse un copain qui s'étale. Un rire immense monte. Les uns bondissent pour piétiner à leur tour tandis que les autres continuent de charrier de l'eau.

— Faut mouiller les bords. Quand y pleut, ça tombe partout.

On arrose copieusement les bords.

— Et le toit de la cagna ?

Le toit de planches recouvertes de terre est noyé à son tour.

— C'est vachement bien, les mecs, ça dégouline dedans.
— Ça commence à ressembler aux photos.

Les images, plus personne n'y a pensé. Trop tard ! Elles trempent déjà dans le cloaque.

— Vouaille, la tante !
— Elle saura pas.
— Elle va les chercher.
— C'est vachard.
— Qu'est-ce qu'on y peut ?
— Rien. C'est foutu pour les poilus !

Cette fois, ils enfoncent jusqu'à mi-mollets. Au comble du bonheur, ils piétinent, vont d'un bout à l'autre, entrent dans la cagna pour se régaler du

171

chant des gouttes sur les casques. Mais la tranchée est trop étroite pour qu'on puisse s'y croiser sans se heurter. Il y a des bousculades, on se frotte aux parois aussi gluantes que le fond. Chaque chute déchaîne des hurlements et un énorme rire. Des poignées de boue claquent sur les dos, les bras, les casques, les visages. Un corps à corps général s'engage qui dure un moment, avec des insultes et des gémissements dominés par la voix pointue de Colette qui hurle au fond de la cagna.

Puis, lentement, la guerre s'enlise. Ses mouvements s'alourdissent. Elle n'a bientôt plus la force de se hisser hors de la tranchée d'où ne monte qu'un clapotement gras et quelques gémissements de naufragés à bout de forces.

IDA est plantée à un mètre du bourbier. Muette de stupeur, elle fixe deux yeux qu'elle a du mal à reconnaître. Un malin a empli de boue à ras bord le beau képi du capitaine Moureau, avant de le remettre sur la tête de Colette. L'Italienne contemple ces yeux qui luisent dans une statue de terre, puis elle porte ses mains sur ses seins et se met à bredouiller. Elle en oublie son français. La litanie étrange qui sort de sa gorge attire les autres.

Mimile qui vient d'aider les deux femmes à porter leurs provisions lâche :

— Nom de Dieu de merde !

On ne sait pas si Léa s'extasie qui s'exclame :

— Seigneur ! C'est la Woëvre ! Les tranchées de la Woëvre !

Vient Henri qui hoche la tête et contemple tout d'un air incrédule en murmurant :

— Ça alors ! Ça alors ! C'est pas rien !

Puis, se tournant vers la pompe :

— J'espère qu'ils ne m'ont pas crevé mes arrosoirs.

173

Au moment où il s'éloigne à la recherche de son matériel, survient une énorme femme essentiellement faite de poitrine et de fesses, mère de l'échalas qui lui ressemble uniquement par son nez en pied de marmite. D'une voix rauque qui ferait trembler un train de marchandises, elle se met à hurler en direction d'Henri :

— Espèce de vieux fou. C'est lui, qui leur a donné cette idée de guerre. Comme si on n'en avait pas assez vu, durant cinq ans. Et en plus, c'est mon fils qui faisait le Fritz. Avec un père héros de la Résistance. Vieux maboule, va ! Y a que lui pour inventer ça !

Interloqué, Henri la regarde, un arrosoir de chaque main, comme s'il s'apprêtait à apporter encore de l'eau à ce bourbier.

Mais déjà Léa s'avance. La tête haute sous le large chapeau de fine paille qu'elle a coiffé pour se rendre au marché, très digne, sa belle canne au bec d'argent tenue par le milieu, elle fixe cette énorme matrone dont la colère enlaidit encore la face luisante. D'une voix sans éclat, mais nette et tranchante comme un surin de nettoyeur de tranchées, elle l'interrompt :

— Taisez-vous. M. Gueldry n'est pour rien dans tout ça. C'est moi qui leur ai ordonné de creuser là. Et je n'ai rien à faire de votre Résistance, madame. Nous n'en sommes pas à votre guerre. Nous en sommes à la Grande !

Visiblement, la grosse ne s'attendait pas à cela. Elle ne sait que répéter :

174

— Eh bien alors, c'est la meilleure. C'est la meilleure !

Puis, reprise par sa colère qui a tout de même viré légèrement, elle gronde :

— Et qui c'est qui va laver le linge ?

— Eh bien, madame, comme toujours : à la guerre, c'est le soldat qui fait sa lessive !

La voix énorme de la mère de l'échalas vient de sonner le branle-bas dans le quartier. Bon nombre de voisines sont aux fenêtres ou sur le pas des portes. D'autres se sont approchées et contemplent le spectacle de la grande lessive depuis la barrière du jardin.

Sous l'œil narquois du vieux Gueldry, Léa et l'Italienne font dévêtir toute l'armée. On pompe des bassines d'eau fraîche. L'éponge et la brosse fonctionnent ferme. Le soleil et un bon petit vent font sécher très vite soldats et défroques.

Plusieurs mères indignées, et sans doute remontées par la grosse, arrivent pour dire plus ou moins courtoisement à Léa Moureau ce qu'elles pensent de sa santé mentale. Les plaignantes sont reçues de très haut. Personne ne les a empêchées de garder leurs enfants chez elles. Une petite brune au visage tout grêlé et qui n'a même pas l'air d'être du quartier se permet de lancer :

— Écoutez-moi cette vieille qui se prend pour un général !

Celle-là n'a certainement jamais autant entendu

175

parler des campagnes d'Afrique, de la Marne, de Verdun, des Flandres et des Dardanelles.

Elle décroche piteusement sans même attendre qu'Ida ait fini de laver la culotte et la chemise de son gosse. Solidement calotté, le gamin cavale, les fesses au vent, ses frusques trempées sous son bras.

Toutes les voisines qui osent émettre des propos discourtois sur la campagne et ses conséquences en prennent pour leur grade. Léa ne s'abaisse pas à crier. Son langage reste très convenable mais sa voix cingle comme une cravache.

Jambes légèrement écartées, bras croisés, sa canne au poing comme un bâton de commandement, elle reste plantée à trois pas de la cagna écroulée. Léa est absolument maîtresse du terrain. La tête bien droite sous son chapeau de paille, elle domine les ruines qu'elle contemple comme n'importe quel général regarde le fort qu'il vient de prendre à l'ennemi. Henri s'éloigne en grognant :

— Cette fois, on a tout le quartier à dos.

Il se trompe d'au moins une personne, et il est parti un peu trop tôt pour s'en rendre compte.

Un homme arrive, une espèce de géant tout en jambes et en bras, vêtu d'un pantalon et d'une chemise kaki. Visage glabre, osseux, cheveux gris en brosse. Il tient par la main l'un des combattants qui s'est sauvé sans qu'on ait eu le temps de le nettoyer. Le gamin semble terrorisé. Sans le lâcher, l'homme vient droit vers Léa :

— Madame Moureau?

— Parfaitement, lance Léa tout de suite sur la défensive.

— Mes respects, madame. Permettez que je me présente ; colonel Viard. Engagé volontaire le jour de mes dix-huit ans en avril 17. Je viens d'être affecté ici. J'habite là-haut.

Il désigne du doigt un immeuble dont les fenêtres donnent d'assez loin sur le jardin et reprend :

— J'ai vu manœuvrer vos hommes. Bravo ! Ne manque qu'une chose : le nettoyage après la bataille. Celui-ci est mon petit-fils, je vais vous montrer comment on procède.

Sans dévêtir l'enfant, il l'empoigne par les mains et va le plonger deux fois dans l'eau d'une des sapines. Le retournant, il le prend par les pieds et plonge encore deux fois le gamin qui se tortille comme un ver en braillant, crachant et toussant. Il le pose.

— Va trouver ta mère. Elle va te faire des compliments.

Le colonel fait demi-tour après avoir salué Léa en cassant la nuque à l'allemande. Celle-ci se tourne vers l'Italienne et lance :

— C'est comme ça qu'on fait des hommes. Dommage que la grosse dinde soit partie, elle aurait pu en prendre de la graine.

Dès que les petits camarades ont évacué le terrain et que les enfants Gueldry sont à peu près propres, Léa empoigne Colette par la main et l'entraîne en disant :

177

— Viens, ma chérie, nous deux, on va monter chez moi faire des dessins.

— Des dessins, implore l'Italienne, pas de la peinture, au moins.

Hautaine, Léa lui lance sans se retourner :

— Oui, madame Ida, des dessins. La peinture nous en ferons un autre jour.

Ce matin, le temps est vraiment écrasant.

— Ça finira par tourner à l'orage, annonce Henri.

— Pour le moment, constate Léa, le soleil sèche la tranchée. En attendant, je vais emmener les enfants faire un tour. Nous serons rentrés avant le gros de la chaleur.

On se hâte d'expédier le petit déjeuner et c'est le départ. Debout sur le perron, l'Italienne dit timidement :

— Si vous pouvez, évitez les bords du canal.

Sans se retourner, Léa la rassure :

— Soyez tranquille, je ne suis pas folle !

Ils s'en vont d'un bon pas. Colette donne la main à Léa qui a pris une canne légère, en roseau verni à pommeau de corne, et un sac à bandoulière qui lui laisse la liberté de mouvement. Elle est coiffée d'un chapeau de paille dont le bord est relevé d'un côté et couché de l'autre. La voyant ainsi, l'aîné des enfants a eu un petit sifflement admiratif.

— Ça fait américain !

Léa et Colette vont devant. Les deux garçons suivent sagement, à quelques pas.

179

— Où on va ? demande la petite.

— On va dire un petit bonjour à votre oncle Charles.

— Je croyais qu'il était mort !

— Et alors ? On peut bien lui rendre visite tout de même.

Au cimetière, les enfants se taisent. Léa les conduit droit vers la tombe de Charles devant laquelle elle s'arrête.

— Faites une prière.

Les trois enfants marmonnent un moment. Quand ils se taisent, Léa dit :

— Mon pauvre Charles, par ce temps, je ne t'apporte pas de fleurs, elles ne tiendraient même pas une heure. Si ça continue, il fera aussi chaud ici qu'à Foudouk-Djedid.

Les enfants la regardent, très étonnés.

L'aîné demande :

— Tu lui causes ?

— Bien sûr.

— Y peut pas t'entendre.

— Qu'en sais-tu ?

Après un temps, c'est le petit Denis qui dit avec une autorité à laquelle nul n'est habitué :

— En tout cas, y peut pas te répondre.

— Non, fait Léa, mais je sais très bien ce qu'il pense.

Elle les entraîne jusque sur la tombe de sa sœur.

— Ma pauvre Lolotte, si tu avais été là hier, et voir tes petits-enfants dans l'état où ils se sont mis !

180

Seul l'aîné se souvient vaguement de cette grand-mère gâteau qui ne savait qu'inventer pour l'aimer.

Léa tient encore à sa sœur un long propos où il est question de son jardin et des voisins. Puis elle entraîne les enfants par d'autres allées où elle s'arrête souvent pour s'adresser aux morts.

— Que voulez-vous, mes petits, à présent, j'ai beaucoup plus d'amis ici que dans la ville.

Après une assez longue station devant le commandant Lourmet qu'elle entretient de la bataille de la veille, ils redescendent pour s'arrêter devant le cercle de petites tombes toutes semblables qui entourent le monument. Les enfants sont fascinés par ce poilu de bronze perché sur son socle de pierre et qui ouvre une bouche immense en levant les yeux au ciel. Sa main droite tient une grenade et la gauche s'accroche au tissu de sa capote de métal, à la place du cœur, là où une balle vient d'entrer.

— Ici, dit simplement Léa, faites une minute de silence.

Raides comme des soldats de parade, ils demeurent tous les quatre sous le soleil.

Les enfants sont trop absorbés par la contemplation du monument, pour voir deux gouttes de lumière rouler sur les joues de Léa. Une lumière qui vient du fond de sa jeunesse.

V
La déroute

CE matin, le branle-bas a sonné très tôt. Toilette et petit déjeuner expédiés à toute vitesse, sans le secours de l'Italienne qui n'est pas si matinale.

A sept heures, ils sont tous devant le porche, alignés sur le trottoir. Léa et les deux garçons tiennent chacun une canne à pêche pliée et ficelée et une musette. Léa porte également un filochon en métal. Une goujonnière verte est posée à sa droite, un grand panier à couvercle à sa gauche. Colette qui se tient légèrement à l'écart avec son grand-père, porte sa poupée sous son bras gauche et un panier minuscule bourré de chiffons de la main droite. Henri a sa grosse canne ferrée. Il vient d'allumer sa première cigarette de la journée. Un petit vent d'est prometteur de soleil emporte la fumée.

Quelques cyclistes, quelques voitures et de rares piétons passent sans prêter grande attention à cette escouade coiffée de chapeaux d'été. Paille de riz du modèle casque colonial pour Léa et Adrien, toile rouge pour Colette, toile passée pour les deux autres.

185

Ils n'attendent pas longtemps. Bientôt Léa annonce ·

— Le voilà!

Une automobile haute sur pattes, verte et noire avec des phares et un radiateur très luisants débouche de l'avenue des Gaubert pour venir se ranger le long du trottoir. Seuls les gros yeux ronds de Mimile sont visibles entre le volant et la visière de sa casquette.

— Vouaille, la chouette de bagnole! s'exclame Adrien.

— Oui, approuve Léa, c'est encore une vraie voiture. On y monte. Dans celles qu'on fait à présent, il faut descendre. Et puis, elles sont toutes mansardées. A quoi ça ressemble!

En tout cas, celle de Mimile est aussi carrée qu'une maison à terrasse. Le gros homme descend pour les aider à se caser.

— Madame Moureau devant...

— Non non non, Henri devant.

— Je savais bien que vous vous décideriez à venir, monsieur Gueldry.

— C'est peut-être la dernière fois de ma vie que je verrai le Doubs.

— Taisez-vous donc.

— Donnez les perches de ligne, qu'on les attache sur le toit avec les miennes.

— Attention, avertit Léa, ma gaule est fragile.

— Où c' qu'on met la bouffe?

— Veux-tu parler comme il faut.

— Ne cassez rien.

— On aura de trop, c'est sûr.

— Je sais pas où on trouvera la place pour ramener le poisson.

— T'assieds pas sur ma poupée.

— Fais gaffe, tu m'écrases.

Ils parlent tous en même temps et personne n'écoute personne.

Tout le monde enfin casé et les portières bien verrouillées, Mimile reprend sa place. Il n'est vêtu que d'une chemise à manches courtes qui laisse voir d'énormes bras couverts de poils noirs. Le moteur gronde, la boîte de vitesses gémit un peu et la voiture s'ébranle. Elle roule jusqu'à la place sans que personne ne souffle mot.

Quand elle se lance dans la première ligne droite, Adrien qui n'y tient plus se risque :

— Quelle marque c'est, votre voiture, m'sieur Mimile ?

Sans se retourner, le gros homme répond :

— Ah ! tu connais pas ça. T'en verras pas des masses. Ben, mon petit gars, c'est une Ansaldo 1926.

— Quoi donc ?

— Ansaldo, mécanique italienne. On n'en fait plus de comme ça.

— Comme Ida, remarque Léa. On n'en fait plus non plus. Mais taisez-vous. Occupez-vous de conduire.

Tout le monde se tait à nouveau. C'est la première fois que s'établit entre Léa et son beau-frère un silence pareil. Mais tous deux sont plus attentifs à la route que le conducteur lui-même qui, roulant sur une belle voie bordée d'arbres et à peu près déserte, se met à expliquer.

— Quatre cylindres en ligne, vilebrequin sur trois paliers, arbre à cames en tête...

— Taisez-vous, Mimile. Sinon, je vous demande de me laisser là. Déjà que vous roulez comme un fou.

Le mécanicien lève légèrement le pied et les deux garçons crient en chœur :

— Non ! Plus vite ! Faut taper du cent à l'heure !

Léa élève la voix :

— Silence ! Ou bien c'est vous qui allez descendre.

— Ma belle-sœur a raison, dit Henri d'une petite voix qui paraît toute drôle, tu roules trop vite, Mimile.

Cette fois, le gros conducteur ralentit vraiment et les garçons, boudeurs, se laissent aller le dos à la banquette. La route à ce pas n'offre plus d'intérêt.

Ils ont traversé le village pour aller s'arrêter derrière une guinguette, à l'ombre des peupliers dont le feuillage chante clair. Retenue par un barrage, la rivière, en cet endroit, est large et paisible.

— J'ai mon coup un peu plus haut, dit Mimile. Y a de la place pour trois.

D'autres pêcheurs sont déjà installés, en contrebas du chemin de halage. Tous se retournent et regardent d'un œil noir l'arrivée de ce renfort.

Colette se met à marcher à cloche-pied pour amuser sa poupée qu'elle lance en l'air. Léa la rappelle.

— Doucement. Si tu sautes comme ça, tu vas faire sauver le poisson.

La fillette la regarde très étonnée.

— Faut pas sauter?

— Non.

— Ben alors, c'est moins marrant que la Grande Guerre.

— Henri, vous devriez l'emmener faire un tour au village.

189

— C'est ça, viens ma petiote. Nous deux, leur pêche, on s'en moque.

Le vieil homme prend la petite par la main et rebrousse chemin. À peine ont-ils fait trois pas que Léa s'arrête, se retourne et tend l'oreille.

— La pêche, commence le vieux, c'est comme les cartes ou les boules, c'est un truc pour les fainéants. Je me souviens, en quatorze, quand j'étais aux Annexes militaires.

— Aux quoi ?

— Aux Annexes, c'est là qu'on faisait le pain des poilus...

Léa reprend sa marche. Arrivée près des autres, elle annonce :

— À midi, cette pauvre gosse aura la tête sacrément farcie, vous pouvez me croire ! Elle connaîtra le quarante-quatre, Rossigneux, la guerre de soixante-dix et quatorze-dix-huit pas aussi bien que moi, mais pas loin !

Ils pêchent toute la matinée. Ou plus exactement, Léa pêche : une bonne douzaine de rousses, des ablettes et même un poisson-chat. Mimile passe le plus clair de son temps à expliquer comment fonctionne une locomotive et à donner des détails sur son auto qu'il a payée trois fois rien parce qu'il faut être mécanicien pour posséder une voiture pareille. Il répond à un interrogatoire serré et, en même temps, il démêle et répare les lignes des deux garçons. Mais Mimile est vraiment, comme le dit Léa, la crème des hommes.

— Tellement bon qu'il refuse de faire du mal à un poisson !

Vers onze heures, les deux garçons qui en ont assez de casser du fil, vont s'asseoir en haut du talus et se mettent à jouer à l'auto à Mimile. Léa qui ne supporte vraiment aucun bruit quand elle pêche, leur crie, sans quitter des yeux son bouchon :

— Avez-vous fini ? Vous faites avec vos bouches comme un derrière de vieille femme !

Ce qui fait tellement rire le mécanicien qu'il décide de plier sa ligne.

— J'ai soif, dit-il, je vais vous attendre au bistrot.

Lorsque Léa plie à son tour et arrive avec son matériel et ses prises, elle les trouve tous attablés sur la terrasse, à l'ombre de la glycine. Les enfants boivent des sodas, et les hommes en sont à leur deuxième Pontar. L'odeur de l'anis monte dans l'air tiède que les insectes ailés font crisser comme du sable sous la dent. Henri attaque un grand classique.

Léa va se chercher une tasse d'eau chaude et un sucre pour prendre un comprimé d'aspirine. Elle s'assied à côté de sa petite-nièce dont les paupières paraissent bien lourdes. Elle la prend sur ses genoux et se met à lui chanter ce que personne d'autre n'a jamais tenu pour une berceuse :

Y s'ap'lait Boudou Badabou
Y jouait d' la flûte en acajou...

— Voyez-vous, dit Henri, ce n'était peut-être pas le mauvais bougre, mais il se figurait de savoir tout mieux que les autres. Une espèce de grand fifrelin sec comme un hareng saur et à peu près de la même couleur.

Comme il s'accorde le temps de boire une gorgée de son apéritif, Léa ne peut s'empêcher d'interrompre sa chanson pour lancer :

— J'en prépare qui sont très moelleux.

— De quoi parlez-vous ?

— Des harengs.

Henri hausse les épaules. Il ne prend même pas la peine de relever la réplique et poursuit son récit :

— C'est bon, il savait tout, quoi ! Un homme qui n'avait jamais rien fait de ses dix doigts, quand il passait par le fournil, il aurait voulu nous apprendre à pétrir et à enfourner. S'il allait à l'atelier de mécanique, il prétendait apprendre aux mécaniciens comment on tient une lime. Et la même chose pour tout. Toi, mon pauvre Mimile, il t'aurait expliqué à mener ton coucou.

Le mécanicien se récrie :

— C'est que, mon coucou, je l'aurais pas laissé l'approcher.

Avec un regard en coin pour Léa, Henri réplique :

— Hé là ! N'oublie pas qu'il était adjudant et

192

que ces gens-là ont tout pouvoir sur l'homme de troupe !

Le vieux marque une très courte pause, mais Léa qui a hâte de manger, a décidé de ne pas piper mot. Elle se tourne même vers ses petits-neveux qui montrent quelques signes d'impatience et les regarde avec de grands yeux et une moue qui veut dire : « Taisez-vous, sinon nous sommes ici jusqu'à demain. »

— Bon, un jour, voilà ce grand couillon qui s'en va à la menuiserie. La menuiserie, on y fabriquait surtout des croix et des cercueils pour les poilus. Il en partait des pleins wagons. Bref, je ne sais pas ce qu'il voulait construire chez lui, toujours est-il qu'il prend une planche et s'en va mettre la dégauchisseuse en route. Mon copain Ramusat qui était un ébéniste de première force, vous savez, le père de Félix Ramusat qui a monté une fabrique de meubles ?

Les autres font oui de la tête. La petite Colette dort aussi paisiblement que sa poupée.

— Voilà donc mon Ramusat qui s'en va lui dire comme ça : « Mon lieutement, voulez-vous que je vous rabote votre planche ? » L'autre le regarde de haut. Il mesurait bien son mètre quatre-vingts alors que Ramusat n'était pas plus grand que moi ou toi, mon pauvre Mimile.

— Les plus petits ne sont pas fatalement pauvres, glisse Léa sans qu'Henri lui accorde la moindre attention.

— Et il lui fait : « De quoi vous mêlez-vous ? »

Ramusat aurait dû se taire. Seulement, c'était un homme de métier, et un brave garçon. Il répond en montrant les manches larges du juteux : « Ce que j'en dis, mon lieutenant, c'est qu'avec votre tunique... » Pauvre ami. Il n'a pas eu le temps d'en dire plus.

Là, comme le ton monte, les regards un peu mornes des deux garçons s'allument. Ils sentent que l'adjudant va empoigner l'ébéniste par les pieds et lui passer le museau à la raboteuse.

— Vous me ferez trois jours de salle de police, qu'il lui crie. Pour vous apprendre à quitter votre travail et à vous mêler de ce qui ne vous regarde pas ! Bien entendu, mon copain s'en va. Mais pas trop loin. Et sans quitter de l'œil ce grand escogriffe qui se met à raboter son bout de bois. Pauvre ami ! Ça n'a pas traîné. Au deuxième passage sur le fer, il se fait prendre sa manche et vlan !

Les garçons qui voient déjà le gradé passer tout entier à la machine et ressortir en chair à saucisse ne peuvent se retenir de battre des mains.

— Vous pouvez rigoler, dit Henri. Si Ramusat n'avait pas été vif comme la poudre, le bras de l'autre empaillé y passait. Il bondit et d'un grand coup de pied, il fait sauter la courroie de transmission. Bon Dieu ! L'autre était pâle comme vous diriez mon apéritif.

Il boit une gorgée avant de conclure :
— J'aime mieux vous prévenir que l'ébéniste

n'a jamais entendu parler de la salle de police. Mais ce grand flandrin, ça ne lui a pas changé le caractère. Un jour...

Léa qui le voit parti pour une autre histoire se hâte d'intervenir :

— C'est peut-être bien l'heure d'aller chercher le panier. Le grand air nous a creusés.

Dès l'instant où ils déballent les provisions, Léa reprend le commandement et l'initiative de toutes les opérations. C'est elle qui distribue les tartines de pâté, le saucisson, le jambon, les fruits et qui fait apporter de la limonade pour les enfants et du vin pour les adultes. Elle lorgne d'un œil torve la serveuse dont la propreté lui paraît douteuse.

— Celle-là, je n'en voudrais même pas pour vider mon pot de chambre. Elle a les ongles plus noirs que ma cuisinière.

Les enfants rient en regardant s'éloigner la grosse fille dont les fesses tendent à la faire craquer une mauvaise robe reprisée en plusieurs endroits et lustrée de graisse.

— D'ailleurs, elle a un arrière-train qui ne passerait pas ma porte, ajoute la tante.

Avant de se verser à boire, elle examine son verre qu'elle essuie longuement avec sa serviette. Car elle a apporté pour chacun une grande serviette brodée LM qui fait dire au père Gueldry :

— Tiens, on a des draps, je savais pas qu'on couchait là.

Ses deux apéritifs lui ont donné envie de plaisanter, et Léa qui ne l'a jamais vu rire pareillement l'observe avec inquiétude.

— Dites donc, les hommes, faudrait pas trop boire. Avec cette chaleur, c'est dangereux. Et puis Émile, il faut rentrer.

Elle n'a pas dit Mimile et le mécanicien est un moment troublé. Mais Henri n'a rien entendu. Il est dur d'oreille, tout le monde dans son entourage le sait, ce qui lui permet de n'écouter que ce qui lui plaît. Toujours sur l'idée de la serveuse, il lance :

— Dites donc, Léa, les arbis qui vous servaient en Afrique, vous leur passiez l'inspection des ongles ?

— Mais parfaitement, mon cher beau-frère. Parfaitement ! J'ai toujours exigé des gens que j'avais chez moi une propreté absolue.

Décidément, Henri a puisé dans le Pontar une bonne ration de culot.

— Ah oui ! fait-il. Avec le machin, ce grand truc en ferraille que vous faisiez transbahuter par vos nègres. Comment vous appelez ça, déjà ?

Léa se contente de hausser les épaules. Non qu'elle ne trouve rien à répondre, il en faudrait beaucoup plus pour la laisser sans voix, mais elle n'aime ni ce genre de conversation, ni le rire niais des enfants. Profitant qu'Henri se détourne pour donner une peau de saucisson à un chien venu se frotter à ses jambes, elle lui verse de l'eau dans son vin.

Après une gorgée, le vieux lève son verre dans la

lumière et regarde un instant avant d'aller, sans rien dire, le vider au pied de la glycine. Les enfants se taisent. Ils attendent, leurs yeux étonnés vont de la tante au grand-père.

Henri se verse un plein verre de vin, boit longuement, passe sa main sur sa moustache puis, très sérieux, il lève la tête en direction des arceaux de fer où s'enroulent les feuillages.

— Voyez-vous ça, fait-il, une vieille corneille qui a fait pipi dans mon verre ! C'est incroyable, ça !

Léa est la seule à ne pas rire. Elle se borne à grogner :

— Buvez donc, quand vous aurez une congestion cérébrale, ce n'est pas moi qui me dérangerai pour vous soigner.

Puis, se tournant vers Mimile qui a enlevé sa casquette, elle ajoute :

— Quant à vous, je peux vous dire que les veines de votre crâne ne sont pas loin d'éclater !

Le repas terminé, tandis que les enfants s'amusaient dans le jeu de boules, les grands ont pris le café que les deux hommes ont voulu arroser. Comme Léa tentait de s'y opposer, Henri a élevé la voix :

— La dernière sortie de ma foutue vie de bagnard, vous n'allez pas me la gâcher. Comme si une goutte de marc allait nous faire du mal. Vous avez mené des régiments toute votre vie. Eh bien

moi, vous ne me ferez pas mettre au garde-à-vous.
J'ai passé l'âge.

Léa s'est enfermée dans un mutisme qu'une
moue crispée verrouille pour un bon moment.
Henri en profite pour enchaîner :

— Je ne suis pas né d'hier, vous savez. Des gros
buveurs, j'en ai connu. Et moi, je n'ai jamais ni bu
ni mangé plus que de raison. Et encore, qu'est-ce
que ça signifie ? Quand je faisais mon temps, au
quarante-quatre, classe quatre-vingt-treize, ce n'est
pas d'hier, j'avais un copain qui avait la double.

Henri marque un temps. Il sait que l'expression
intrigue toujours. Il ménage son effet. Attend qu'on
l'interroge.

Léa reste bouche cousue. Il ferait beau voir
qu'elle entre dans le jeu de ce vieux birbe caco-
chyme qui l'a insultée après avoir englouti son
saucisson, son pâté et sa mortadelle. Elle se tait.
Reste clouée à sa chaise, bien décidée à le laisser
régler les boissons. Après tout, ce n'est pas elle qui
a bu le plus. Mais Mimile qui doit pourtant
connaître la suite est meilleur bougre.

— La double, vous dites ?

— Oui. La double ration. Ça se faisait à l'époque. Il suffisait d'être reconnu d'une constitution
particulière par le major pour avoir automatique-
ment droit à la double.

D'habitude, Léa ne peut s'empêcher d'intervenir
pour faire remarquer qu'elle a passé sa vie dans
l'armée et n'a jamais entendu parler de ça. Henri
qui la guette du coin de l'œil connaît son caractère.

Il n'est pas surpris de son mutisme et ne marque qu'un instant de silence avant d'observer :

— Ce n'était peut-être pas la règle dans les régiments disciplinaires ou chez les sidis. Ça, je n'y suis pas allé voir. J'avais d'autres chats à fouetter que d'aller faire le zouave en Afrique, moi !

Il faut qu'il ait vraiment bu à en perdre la boule pour se permettre pareilles effronteries.

Léa qui écume intérieurement se lève et quitte la terrasse pour aller rejoindre les enfants. Avec un clin d'œil malin, Henri confie :

— Je le savais. Dès qu'on touche aux troupes coloniales, c'est comme si on lui piétinait ses cors aux pieds. Non mais ! Elle a mené son pauvre homme par le bout du nez pendant un demi-siècle, elle ne croit tout de même pas me mener aussi !... C'est bon. Je disais donc... Ah oui ! la double. Eh bien, mon copain qui l'avait, il s'appelait Remillant. Un drôle de petit bonhomme. Épicier dans le civil. Un Breton têtu comme une mule, mais bon garçon. Voilà-t-il pas qu'après mon départ du régiment, lui, il en avait pour cinq ans, j'apprends qu'on l'a enterré.

— Enterré ?

— Oui. Il était mort. Mort et enterré. Figure-toi : changement de major. Et le nouveau avait dit : « La double ? connais pas ça, moi ! Mangez comme les autres. » Eh bien, tu me croiras si tu veux. Deux mois plus tard le gars était mort. Tout de même, hein, la constitution, ce que c'est !

Léa qui guettait de loin a compris que l'histoire

était terminée. Elle se hâte de revenir, mais pas assez vite. Mimile a le temps de dire :

— Sûr que manger, c'est comme boire, il y a des gens qui ont plus de besoins que d'autres. Le corps humain, c'est comme un moteur d'auto, la consommation n'est pas la même pour toutes les cylindrées.

Juste à l'instant où Léa pénètre sous la glycine, Henri démarre :

— Justement, question cylindrique, comme tu dis, dommage que tu sois trop jeune pour avoir connu le Tordu, un fendeur de bois. C'était une espèce de petit bonhomme tout en nerfs et en os. A force de fendre toujours du bras droit en tenant la bûche de la main gauche, il avait fini par être tout tordu. Y en a qui l'appelaient Crache-à-Droite. Ancien marsouin, il était. Tout tatoué, et du salé, j'aime mieux te dire. Quand il allait fendre le bois de l'école, dans la cour de récréation, le directeur lui interdisait de quitter sa chemise. Et pareil chez les bonnes sœurs. Ce type-là, mon pauvre ami, tu aurais dit un entonnoir. Avec le petit corps qu'il avait, je me suis toujours demandé où il pouvait bien mettre tout ce qu'il ingurgitait.

— Y devait pisser souvent, fait Mimile, moi, j'ai connu un chauffeur...

Henri n'entend pas se laisser éloigner de son fendeur de bois. Sans se soucier de ce que voudrait raconter Mimile, il poursuit, imperturbable :

— Toujours est-il que chaque fois qu'il se trouvait de passer par notre rue, il entrait au fournil.

201

J'envoyais un mitron à la cuisine. Il revenait avec un demi-litre de vin, c'était la ration convenue une fois pour toutes, et mon marsouin le buvait d'un trait. Quand il avait fini, je lui disais : « C'est bon, Monange, tu peux aller. » Il s'appelait Monange. Je te demande un peu !

— Vous savez, le nom des gens. Moi, j'ai bien connu une femme...

Henri a rallumé son mégot et redémarre en douceur :

— Figure-toi qu'un jour, à l'heure de préparer le repas de midi, je vois ma mère qui sort de sa cuisine pas contente du tout. « Dites donc, qui c'est qui m'a pris mon litre de vinaigre à moitié plein ? » Nous autres, on se regarde. Juste à ce moment-là, la pauvre femme voit sa bouteille sur le bout du pétrin. Vide ! Bien entendu. Eh bien, c'est seulement là qu'on s'est souvenus que le marsouin, après avoir fait cul sec, avait reposé le litre en disant : « C'est du vin de l'année. Il est encore vert. » Tout ce que tu veux, mais t'en as qui ont la descente blindée.

Ils ont traînassé encore un bon moment, puis, Mimile a proposé :

— On va aller du côté de Brevans. Au bord du canal. Il y a plus d'ombre.

Et les voilà de nouveau dans la vieille voiture. Léa est toujours fâchée mais, cette fois, c'est parce que, voulant régler les boissons, elle a appris que

Mimile l'avait fait. En douce. Sous prétexte d'aller voir si son engin n'était pas au soleil.

Ils partent. Toutes les vitres sont ouvertes, même le pare-brise qui peut basculer.

— Tout de même, c'est pratique.

Ils roulent sans encombre jusqu'au village. Une vache sort soudain d'une étable et traverse la rue juste devant la voiture. Mimile freine et vire à droite. La voiture s'arrête, une aile contre un mur.

Hurlements des enfants, glapissements de Léa, jurons d'Henri qui s'est cogné le front contre ce pare-brise à bascule et saigne un peu. Mimile ne sait que répéter :

— Ah, la vache ! Ah, la vache !

Tout le monde descend. Dix personnes attirées par le bruit sont déjà rassemblées autour de l'Ansaldo 1926 qu'on pousse aisément au milieu de la route.

— Ce serait une voiture moderne, observe un paysan, vous seriez bon pour changer une aile.

— C'est rien, fait Mimile, je suis mécanicien.

— Mais y a un blessé.

— Faut appeler le docteur.

Henri qui s'éponge le front avec son mouchoir se récrie :

— Vous n'y pensez pas. En trois guerres, j'en ai vu d'autres !

Léa qui a trouvé une femme à qui se confier lui souffle :

— Celui-là. Trois guerres. De loin, oui, il les a

connues. Né en 73, il voudrait nous faire croire qu'il s'est battu en soixante-dix...

— Allez, en voiture ! crie Mimile qui vient de remettre son moteur en marche.

La vieille auto démarre et Léa ne peut se contenir :

— Tout de même, vous auriez moins bu...

— Pas du tout, fait Henri. Je n'ai rien voulu dire, mais je le savais depuis ce matin, que nous aurions un accident.

— Eh bien, vous êtes malin, vous !

— Parfaitement, je le savais. Quand on a pris le virage sur la place, il y a un curé qui a traversé à six mètres devant nous.

— C'est vrai, je l'ai vu, crie Adrien.

— Eh bien, tu le sauras, mon petit : un curé qui traverse la rue devant toi, ça porte malheur !

LES enfants sont dehors. Léa vient d'aller les voir et rejoint son beau-frère qui porte sa casquette très en arrière à cause d'un pansement qu'on lui a collé sur le front.

— Dites-moi, Léa, quand vous vous trouverez d'aller chez le père Defaye, vous savez, l'herboriste de la rue Esménard, vous voyez?

— Je vois. On ne risque pas de se tromper, il n'y a plus que celui-là.

— Bon, si vous vous trouvez d'y aller...

Un peu raide, Léa l'interrompt :

— Je n'ai pas à m'y rendre pour le moment.

Le vieil homme marque une hésitation. Ses yeux se perdent un instant dans un tissu de rides. Il semble vouloir se taire. Léa a envie de revenir avec un mot gentil. Elle cherche comment elle pourrait faire sans trop avoir l'air de s'excuser, mais Henri la devance :

— Si, par exemple, vous vous trouviez de passer devant et que ça ne vous dérange pas trop d'entrer...

— Pour rendre service, rien ne me dérange. Et je pourrais même faire un détour.

205

— Justement, le service, ce serait de me prendre un paquet de caluctus. Je n'en ai plus.

Léa fronce le nez et les sourcils.

— Un paquet de quoi ?

— Du caluctus. C'est des feuilles pour de l'infusion. Vous savez bien. Charles en prenait aussi. C'est très bon pour les bronches. Ça dégage.

— Ah ! Vous voulez parler de l'eucalyptus ?

Henri a un haussement d'épaules et un petit mouvement de tête agacés :

— Si vous voulez.

— Ce n'est pas moi qui veux, c'est comme ça.

— Vous êtes bien comme était votre sœur : toujours à contredire pour des riens.

— Vous appelez ça des riens ? Mais comment voulez-vous que les gens vous comprennent si vous employez des mots qui n'existent pas ?

— J'emploie ce qui me plaît. Et tout le monde m'a toujours très bien compris. Je ne suis pourtant pas né de la dernière averse. Je suis de la classe quatre-vingt-treize, moi.

— Je le sais, s'empresse de dire Léa qui redoute d'être embarquée dans une histoire de régiment.

Mais Henri ne l'entend pas. Il ne pense pas au quarante-quatre pour le moment, il va au bout de sa réplique :

— Et vous aussi, vous m'aviez très bien compris. Mais si vous cherchez des prétextes pour ne pas me rendre service, n'en parlons plus.

Le ton monte encore. Léa ne pense plus du tout

qu'elle s'était promis d'être gentille avec son beau-frère. Elle lance :

— Vous êtes de mauvaise foi, mon pauvre Henri. Je n'ai jamais refusé de vous rendre service. Et si je voulais le faire, je n'aurais pas besoin de prétexte. Mais si vous m'envoyez chercher des choses qui n'existent pas, comment voulez-vous que je les trouve ?

Elle se tait. Henri vient de se mettre à tousser. Il ne l'écoute plus. Secoué un moment sur sa chaise, il finit par se lever. Une main sur la poitrine, il va au bout de sa quinte et crache dans le foyer de la cuisinière. Léa se demande s'il n'a pas exagéré un peu pour se faire plaindre. Comme s'il avait deviné sa pensée, il dit d'une voix qu'il a du mal à retrouver :

— Vous voyez que ce n'est pas rien. Quand ça me prend comme ça, ça m'arrache l'intérieur... Forcément, des années devant le four à respirer le fleurage... il faut bien le payer un jour.

— Ne parlez pas, vous allez encore vous faire tousser.

— Vous savez, quand on se tapait des dix fournées par jour, semaine et dimanche, ce n'était pas la vie que les boulangers ont de nos jours, et pourtant, on ne faisait pas fortune, vous pouvez me croire.

Les enfants sont désœuvrés et contemplent de loin la tranchée interdite. Henri remarque :

— Ils cherchent quelle sottise inventer.

— La boue, rétorque Léa, ce n'est tout de même pas eux qui en ont eu l'idée !

Encore une phrase que le grand-père n'entend pas.

Léa l'abandonne à son livre pour aller rejoindre ses petits qui viennent de sortir du hangar un vieux tonneau.

— Qu'est-ce que vous faites ?

— C'est notre auto.

— Drôle d'auto... Savez-vous qu'à la guerre, il y a toujours des périodes de repos. Eh bien, en attendant que ça sèche, vous venez au repos avec moi. Allez, sortie en ville !... Et vos copains, où sont-ils ?

— Tu sais, sans la tranchée...

Elle les entraîne en direction de la ville. Et tout le long du chemin, elle les fait marcher au pas en leur fredonnant *Les Africains*, *Sidi-Brahim*, la marche des Bat' d'Af et même *Le Régiment de Sambre-et-Meuse*.

La déroute

Au retour, les enfants sont chargés de paquets provenant du Petit Bazar. Léa leur fait tout déposer dans son garage.

— A midi, vous ne dites rien à personne. Pas même à Ida, elle est trop bavarde. Faut que ce soit une surprise pour tout le monde.

Aussitôt le repas terminé, Henri annonce qu'il va se reposer un moment. Bien installé dans son fauteuil, sous la tonnelle, sa casquette sur les yeux, il s'endort aussitôt. Léa l'observe quelques instants depuis le haut de l'escalier, puis, laissant l'Italienne à sa vaisselle, elle fait signe aux enfants de la suivre. Elle ne souffle mot, mais son regard pétille.

Quand ils atteignent la grille, elle demande :

— La liaison !

C'est l'aîné qui, le premier, lance :

— Présent !

— Tu vas me chercher du renfort. Et sans bruit. Vous nous rejoignez ici en passant par l'avenue.

La bande revient bientôt, augmentée d'un petit gars du Nord qui vient d'arriver en vacances ici, pâle comme de la crème fouettée.

— C'est très bien, dit Léa, que les anciens combattants se retrouvent pour le défilé.

— On va défiler ? s'étonnent les nouveaux venus.

— Une guerre sans défilé, ça ne ressemble à rien.

En les attendant, la tante, Colette et Denis ont ouvert les paquets. Voyant des tambours et des trompettes, le fils de la crémière émet une crainte :

— Le père Gueldry, y roupille ?

— Il va être content comme tout, assure Léa. Lui qui adore la musique militaire. Il ne rate jamais la retraite aux flambeaux. Et puis, si vous jouez *Sambre-et-Meuse,* pensez donc, c'est la marche de son régiment.

Ayant tiré la porte, elle leur fredonne encore une fois ce refrain et les fait répéter à mi-voix.

Comme il n'y aura pas de bataille, elle a sorti les deux képis de l'ancien capitaine. Les casques nettoyés de la boue glorieuse par l'Italienne, brillent comme neufs. Elle aide ses neveux à boucler le baudrier des deux tambours et distribue les trompettes aux autres. Il en manque une, alors, elle va chercher dans une caisse deux couvercles de casseroles pour le gars du Nord promu cymbalier.

— Les trompettes, explique-t-elle, faut pas souffler dedans. C'est pour faire bien, mais vaut mieux chanter. Ça s'entend de plus loin.

Elle les interroge du regard comme si elle venait de leur demander d'enlever le dernier retranchement du Chemin des Dames puis, avec un gros soupir, elle ajoute :

— Si je pouvais marcher sans ma canne, je ferais le tambour-major.

Elle accompagne la clique jusqu'à la grille du jardin. Là, comme elle fait aligner son monde, elle remarque le petit-fils du colonel qui lorgne vers la droite, par-dessus le mur. D'un coup d'œil vif comme une sauterelle, elle repère l'officier qui les observe de sa fenêtre.

— Le colonel vous regarde. Tâchez de me faire un défilé comme la vieille garde.

Son œil infaillible passe une dernière inspection, puis elle commande :

— Sambre-et-Meuse en partant : en avant *harche !*

Tambours martelant et clairons beuglant, les musiciens s'ébranlent. Après vingt pas, ce qu'ils jouent est déjà un étonnant enchevêtrement. Mais ce n'est plus tellement sa clique que Léa écoute. Suivant du regard cette troupe qui commence à s'étirer, elle ne se formalise même pas de voir Colette s'arrêter pour astiquer sa trompette avec sa jupe. Léa est tendue vers la tonnelle. C'est à ces arceaux de feuillage qu'elle prête l'oreille. Les enfants arrivent à hauteur de la maison, rien ne bouge. Ah si ! Le volet de la cuisine s'ouvre et l'Italienne paraît, riant toutes dents dehors.

Léa voudrait pouvoir rattraper son armée et la faire bifurquer pour donner une aubade à deux mètres du fauteuil d'Henri. Trop tard ! Déjà la clique tourne l'angle de la maison et pique en direction de la remise.

Quand la vieille dame s'approche de la tonnelle, Ida lui crie :

— C'est moins dangereux que la tranchée !

Léa ne répond que d'un hochement de tête. Elle va s'asseoir à l'ombre. Elle choisit le siège le plus éloigné de celui où Henri continue de ronfler doucement. Elle l'observe un moment, les lèvres serrées, l'œil plein de dépit. Puis, prenant le journal

211

sur la table de fer, elle sort ses lunettes de leur étui. Elle n'a pas encore commencé sa lecture que le vieux Gueldry grogne, sans remuer d'un pouce :

— Vous en faites, un boucan, avec ce journal !

— Ça alors ! Si je suis reçue pareillement, je n'ai plus rien à faire ici.

Tête haute et visage fermé, elle monte rejoindre l'Italienne dans la pénombre tiède de la cuisine.

Les enfants sont arrivés dans la vaste remise où la lumière pénètre par la claire-voie autant que par le portail grand ouvert sur le jardin grillé. Durant un moment, ils donnent un concert de pied ferme, avec, pour seul public, les lapins qui les accompagnent en battant de la patte sur le plancher des clapiers. C'est une occupation qui manque par trop d'imprévu. Après le troisième morceau, le petit-fils du colonel lance d'un air de découvreur d'Amérique :

— J'ai une vache d'idée les gars !

— Quoi donc ?

— Faudrait construire un monument aux morts.

C'est une explosion d'enthousiasme :

— Vouaille, les mecs, le chouette de truc !

— Un monument avec une statue !

— T'en as avec juste un casque.

— Non, faut un vrai poilu.

— Faut d'jà faire un socle !

— Où que tu veux prendre de la pierre ?

— Démolir la maison de ton grand-père.

Le rire les plie en deux.

— Tu l'entendrais !

— Et si on l' fait en bois pis on dit que c'est d' la pierre ?

Il n'y a pas à tergiverser des heures. On sort du hangar tout ce qu'on peut dénicher de caisses vides et de cagettes. Il y en a de toutes les tailles mais, en les ajustant bien, ça devrait faire.

Et le travail est mené bon train par cette équipe flambant d'un grand élan patriotique. En moins d'une demi-heure, un beau socle est élevé qui ferait pâlir de jalousie bien des municipalités en mal d'inauguration.

— Qui c'est qui fait l' poilu, les gars ?

— Faut désigner un volontaire.

— Non, faut tirer à la courte paille.

— On est trop nombreux.

— Faut mettre Colette, c'est la moins lourde.

— Pis c'est elle qui joue le moins fort dans la clique.

La fillette échange son képi contre un casque.

— J' vois rien.

— T'as pas besoin de voir, t'es morte.

— Non, t'es en fer.

— J' vois pas pour monter.

— Enlève-le, tu l' mettras en haut.

On a placé un escabeau qui lui permet d'atteindre aisément son perchoir.

— Lève la tête.

— Pis ta main, fais comme si tu lançais une grenade.

— Non, comme si t'avais pris un pruneau dans l' buffet.

— Ouvre la bouche.

— On va jouer en défilant autour puis, on balance *La Marseillaise* devant.

— Faudrait une gerbe.

— On fait ça, puis après, tu vas chercher ta tante et on le refait.

Ils défilent. Ils jouent sur place. La fillette qui préfère visiblement ce rôle à celui qu'on lui faisait tenir dans la tranchée prend plusieurs positions. Soudain, son frère aîné crie :

— Ce serait vachement mieux si elle avait un pied sur le casque boche.

Nouvelle explosion.

— J'y vais !

Sans prendre la peine de dresser l'escabeau, Adrien grimpe au flanc du socle. Mais une construction prévue pour un seul troupier ne peut pas forcément en porter deux. Une cagette craque, l'empilement s'écroule. La bouche ouverte pour un vrai cri, le poilu dégringole parmi les ruines de son socle. C'est un peu comme si une autre guerre venait de passer par là.

Colette pousse de tels hurlements dès que ses frères s'approchent pour la relever qu'il faut bien se résigner à appeler du secours.

L'Italienne arrive en levant vers le ciel ses grands bras maigres. Léa et Henri la suivent en se querellant déjà.

La petite a une écorchure à la cuisse et une autre

au bras, mais ce qui met Ida en furie, c'est le corsage déchiré.

— Cette fois, grogne Henri, il y a une vraie blessée.

— Je le savais, réplique Léa, c'est toujours quand la guerre s'arrête que les militaires ont les pires ennuis.

La tranchée a séché et la guerre a repris. Elle se traîne quelques jours. Le grand au nez retroussé qui faisait l'Allemand n'est pas revenu, alors, tout le monde est l'ennemi à tour de rôle, excepté Colette qui, ayant perdu son képi que Léa a eu bien du mal à nettoyer, est devenue l'infirmière. Elle reste dans la cagna avec ses poupées, à attendre d'autres blessés. Celui dont l'heure est arrivée de coiffer la lourde gamelle d'acier, va s'allonger dans l'embryon de tranchée ennemie. Il se couvre le dos et les jambes de vieux sacs, et il attend le bombardement. Les mottes de terre se mettent à pleuvoir. Quand l'une d'elles éclate sur le casque, la tranchée pousse des hourras barbares. Il arrive souvent que ce soit l'Allemand qui crie :

— Salauds ! Pas des cailloux ! Y a des putains de fumiers de vaches qui visent le dos exprès. Attendez de vous y coller !

Mais, en dépit de la sécheresse persistante et du sol dur, la guerre s'enlise. Elle semble vouloir s'éteindre sans gloire, lorsque, un matin, le fils de la crémière arrive tout excité.

— Vingt-deux, les mecs, on va être attaqués !

— Attaqués ?

— Oui, pour de bon.

— Par qui ?

— La bande au grand Rousselot !

Un épais silence écrase soudain la troupe. Il s'éternise. Puis Adrien demande :

— Qui c'est, ceux-là ?

— Tu les connais pas, toi. T'es pas d'ici. Ben on peut te dire que c'est des terribles.

Tous les autochtones approuvent en en rajoutant un peu.

— C'est des grands toujours à se bagarrer.

— Des voyous, quoi !

— Et alors, fait Adrien, y vont pas nous bouffer les foies.

— Faut préparer des munitions.

Tout le monde s'y met. On amasse des mottes de belle taille, bien sèches et faciles à lancer.

— Dommage qu'on n'ait plus de boue, remarque le fils du boucher.

— Ah non ! Vaut mieux pas recommencer avec ça, fait le petit-fils du colonel en lorgnant vers les réserves d'eau.

Ils sont encore loin d'avoir terminé leurs préparatifs, lorsque Denis qu'on a mis en sentinelle donne l'alerte :

— A vos postes, les gars. Je crois que les voilà !

Tout le monde regarde.

— Les vaches ! Tous des grands. Et deux fois plus que nous.

217

Ils sont neuf. Et qui ne perdent pas de temps à élaborer un plan de bataille compliqué. Sabre au clair, ils chargent en hurlant. Les quelques grenades qui tombent à leurs pieds n'arrêtent pas leur élan. Colette a déjà déguerpi en direction de la maison du grand-père, lorsque son frère aîné donne l'ordre de retraite :

— Tous dans la remise !

La curiosité que les autres montrent pour la tranchée et l'inévitable pillage des menus objets oubliés, permettent à l'armée en déroute d'opérer son repli sans être inquiétée. Elle a même le temps de fermer la porte du hangar et de la consolider avec deux échelles.

Le sol de ce vaste local qui a vu défiler durant des années les cordes de bois destinées au four de la boulangerie et les tombereaux de cendres, est couvert d'une épaisse couche de poussière grise. Comme le père Gueldry est de la race des ramasseux, ce ne sont pas les boîtes vides qui manquent. Il est bien facile de les emplir, de grimper au grenier à foin et, par les interstices ménagés entre les planches, d'en verser le contenu sur les assaillants. Avec un joli petit vent d'est, ce bombardement est d'un effet impressionnant. Les lapins d'Henri tournent comme des fous en martelant le plancher de leurs cages.

Un des ennemis, le plus voyou de tous, a sur lui une arme interdite : des pétards, et ce qu'il faut pour les allumer. Il en coince un entre deux fentes du bois. Le coup part vers l'intérieur avec une belle flamme et pas mal de fumée. L'action commence de plus en plus à ressembler à une vraie bataille. Mais l'artificier a tout juste le temps d'allumer deux autres pétards. Henri qui suivait déjà d'un œil réprobateur cette augmentation des effectifs et la progression de la guerre vers son hangar, arrive du plus vite qu'il peut. Il a ramassé au passage un piquet à tomates qu'il brandit. Les ennemis n'ont pas un instant d'hésitation. Cette troisième force leur paraît effrayante. Ils ne voient d'issue que dans la retraite. Une débâcle tout honneur piétiné.

Le vieil homme ne tente pas de les poursuivre. Essayant d'ouvrir la porte de son hangar, il se met à crier :

— Voulez-vous me débloquer ça ! Allons, dépê-chez-vous, ouvrez, sacrebleu !

La large porte s'ouvre bientôt et les soldats paraissent, le visage inquiet sous la poussière.

— Allez, lance Henri, prenez des outils, vous allez me reboucher vos trous tout de suite.

Ce ne sont même plus des tranchées, mais des trous. Les enfants ne bronchent pas. Pour les deux Gueldry, ce grand-père qu'ils connaissent à peine est impressionnant avec sa casquette, son carré de sparadrap déjà sale et sa trique menaçante. Quant à ceux du quartier, ils savent que l'ancien boulanger a la réputation d'un grincheux avec qui nul ne discute.

Le travail va rondement. Si rondement qu'il est presque terminé lorsque Léa, prévenue par la petite Colette, arrive à grands pas.

— Mais qu'est-ce qui se passe ? On rebouche les tranchées ?

Henri a un petit rire très désagréable :

— Oui, et n'allez pas croire que ce soit pour en creuser d'autres plus loin, le front n'a pas changé de place, c'est la guerre qui est terminée.

— Mais enfin...

— Il n'y a pas d'enfin. Quand ces gredins auront bouté le feu à mon hangar, ce n'est pas vous qui irez me chercher du bois pour me chauffer et du foin pour mes lapins. La guerre, c'est très bien tant que ça ne détruit rien, mais quand ça risque de tout foutre en l'air, j'aime mieux que ça se déroule ailleurs que chez moi !

Il lance un coup de trique à une motte de terre qui explose sous le choc, et il ajoute :

— Si vous les voulez dans votre salle à manger, ne vous gênez pas. Je ne serai pas jaloux. Ils peuvent même emporter des pioches, si ça vous amuse tant de les voir creuser.

Léa empoigne la main de Colette qu'elle entraîne. Se retournant après dix pas et voyant que le vieux lui tourne le dos, elle lui tire la langue en grognant :

— En tout cas, voilà une campagne qui ne m'aura apporté que du désagrément.

LÉA arrive pour le repas de midi. L'Italienne est seule :

— J'ai beau appeler. Dieu sait ce qu'ils font dans ce hangar !

— Je vais voir.

La tante sort et suit l'allée qui pique droit sur la remise de planches où elle entend parler. Henri est penché sur son établi. Les trois enfants, attentifs, regardent ce qu'il fait.

— Alors ! C'est l'heure de se mettre à table.

Les garçons se retournent, sautent en battant des mains et en hurlant :

— On l'a retrouvé.

— Il est même pas rouillé.

— Un faucheux, que ça s'appelle.

— Un à deux canons rayés !

Léa s'avance. Avec en elle une sorte de combat entre la rage et l'espoir.

Henri est rayonnant. Il lui montre un énorme pistolet.

— Tout de même, hein ! Ils l'avaient bien déterré en creusant. Vous auriez vu la boîte :

tellement rouillée qu'ils avaient pas pu l'ouvrir. J'ai été obligé de la découper au burin. Par contre, à l'intérieur, avec toute la graisse, c'était comme dans un écrin. Je vais le nettoyer à l'essence.

Léa ne lui donnera pas la joie de demander s'ils n'ont rien trouvé d'autre. Mais ce vieux malin sait bien ce qu'elle a en tête. Il reprend :

— Comme ça, si Charles a bien graissé ses armes, le jour où on les sortira, ce sera pareil.

D'un ton très sec, mais avec un tremblement à peine perceptible, la vieille dame réplique :

— Oui ! Eh bien, on verra ça plus tard. Le repas est servi. Et j'aime autant vous dire qu'Ida n'est pas de très bonne humeur. Votre machin, elle s'en fout.

La tante empoigne la main de la petite Colette qu'elle entraîne. La fillette sautille jusqu'au seuil. Là, à mi-voix, elle dit :

— Ben tu sais, son faucheux, c'est un vieux truc tout dégueulasse. Pouah ! j'en voudrais pas, moi, de cette cochonnerie.

Depuis deux jours, il s'est mis à pleuvoir. Une petite pluie serrée que pétrit un vent d'est rageur. Les persiennes sont ouvertes, la fenêtre fermée. Un jour triste coule dans la salle à manger où les trois enfants font des dessins sous la surveillance de Léa qui leur donne des conseils :

— On ne fait pas un homme avec des bras qui traînent par terre.

Près de la fenêtre, Henri lit un petit livre. En haut, on entend marcher l'Italienne qui fait le ménage.

Soudain, Henri interrompt sa lecture. Regardant Léa par-dessus ses petites lunettes, il demande :

— Saviez-vous que Laval avait été faire de la contrebande en Amérique du Sud ?

— Laval ? Mais qui vous a dit ça ?

— C'est dans ce livre. Pierre Laval. C'est bien lui. Il était tout jeune, à l'époque.

Léa se lève et va jusqu'à lui.

— Montrez voir.

— Ne me perdez pas ma page.

Il place son signet qui est un feuillet d'éphéméride et tend le livre à Léa :

— Regardez, on parle de lui tout le temps.

Léa jette un coup d'œil à la couverture qui représente un couple enlacé au bord d'une mer bleue où voguent deux voiliers. *Aventures sous les tropiques.* Léa se met à rire :

— Mon pauvre Henri, toujours vos romans à trois sous que vous passe la mère Moussot.

Elle ouvre à la première page, éloigne un peu le livre et lit à haute voix :

— « Pierre Laval était un grand jeune homme blond, au visage bronzé, au regard bleu très franc qui inspirait confiance... » Eh bien, le grand blond ! Vous n'avez jamais vu Laval, ma parole !

Vexé, Henri reprend son livre.

— Je ne discuterai pas avec vous. Vous avez toujours raison.

Il se remet à lire tandis que Léa revient près des enfants. Au bout d'un moment, la petite Colette dit :

— Grand-père, y dort.

Henri a posé son livre sur le rebord de la fenêtre. Le menton sur la poitrine, il émet un léger ronflement. Léa se lève sans bruit et marche jusqu'à lui. Prenant le livre, elle déplace le signet.

— Pourquoi tu fais ça ? demande Adrien.

— Je le fais chaque fois que je peux. Il ne se rend jamais compte qu'il lit trois ou quatre fois les mêmes pages. Comme ça, les livres lui durent plus longtemps.

Les enfants se mettent à rire et Colette dit :

— Tu fais toujours des farces, toi. Pourquoi ?

Léa les contemple tous les trois d'un œil attendri avant de répondre :

— C'est pour ne pas vieillir... pour rester long-temps avec vous.

Les parents n'ont passé qu'une nuit chez le vieux Gueldry. Ils ont raconté une histoire de voiture prêtée par un copain à qui il faut la rendre d'urgence, et de voisine qui garde les chats. Léa n'en a pas cru un mot. Ces deux-là se sont payé du bon temps pendant que les vieux se débrouillaient avec les gosses. Elle n'a rien dit. Seulement pleuré un coup en serrant ses neveux dans ses bras.

Et les sacs ont été vite bouclés.

La voiture vient de disparaître au bout de la rue. Les enfants faisaient des signes de la main par la lunette arrière.

Léa se retourne et, en cachette de son beau-frère, elle écrase une larme.

Ils marchent lentement dans l'allée du jardin, en direction de la maison. Henri dit d'un ton neutre :

— Les voilà partis. Ils auront beau temps pour faire la route.

Après trois pas, Léa répond :

— A nos âges, on ne sait jamais si on ne vient

pas de les embrasser pour la dernière fois..

Ils arrivent sous la tonnelle où Henri prend place dans son fauteuil habituel. Le journal est sur la table de fer. Dessus, il y a son étui à lunettes.

— Je vais rentrer, dit Léa.

— Rien ne vous presse. Asseyez-vous donc un moment.

Léa s'assied. Un gros quartier de silence presque parfait occupe la tonnelle.

Henri soupire deux ou trois fois profondément avant de dire :

— Va falloir demander à l'Italienne combien je lui dois.

— C'est inutile, Baptiste l'a payée.

— Baptiste ?

— Oui, parfaitement. Baptiste, votre fils !

Ils se dévisagent quelques instants sans rien dire. Henri qui semble incrédule finit par lancer :

— Tiens, je ne savais pas qu'il avait gagné le gros lot, celui-là.

— Il n'a pas gagné le gros lot, le pauvre garçon, mais il a le cœur sur la main.

Au fond, Léa se demande encore ce qui l'a poussée à régler de sa bourse les gages de la femme de ménage. Elle l'a fait comme ça, pour la beauté du geste, un peu comme certains poilus lançaient leur propre nom, dans la nuit, au capitaine Moureau qui demandait des volontaires pour une mission dangereuse.

Elle se renfrogne. Le silence se referme. Il ronronne doucement sous le feuillage que l'été a flétri. Il semble vouloir s'installer, mais, bientôt, sans en déranger vraiment le cours, Henri commence :

— Cet été me rappelle celui de quatre-vingt-treize, l'année où j'ai fait mon temps. Ce n'est pas d'hier, mais je m'en souviens très bien. C'était l'époque où on tirait encore au sort. A la boulangerie, ma pauvre mère avait pour client...

Léa pousse un énorme soupir. Henri se tait, il fronce les sourcils et l'observe un moment en silence puis, avec un petit air modeste et un peu contrit, il dit :

— Quand on vous parle des gens, on dirait toujours que ça vous agace.

— Pas du tout. Bien au contraire, ça m'intéresse beaucoup.

Le vieil homme soulève sa casquette le temps de se gratter le sommet du crâne, puis il repart d'un ton bien installé :

— Je venais donc de passer mon conseil de révision. Il faut vous dire qu'à l'époque...

Léa se laisse aller au fond de son fauteuil qui couine un peu. Elle ferme à demi les paupières. Même à l'ombre de la tonnelle où bourdonnent les abeilles, la lumière est aveuglante et la chaleur très lourde vous endort.

Doon House, 7 juillet 1988
Eygalières, décembre 1989

Table

OUVRAGES
DE
BERNARD CLAVEL

Romans

Édit. Robert Laffont : L'Ouvrier de la nuit. — Pirates du Rhône. — Qui m'emporte. — L'Espagnol. — Malataverne. — Le Voyage du père. — L'Hercule sur la place. — Le Tambour du bief. — Le Seigneur du fleuve. — Le Silence des armes. — La Grande Patience (1. La Maison des autres; 2. Celui qui voulait voir la mer; 3. Le Cœur des vivants; 4. Les Fruits de l'hiver). — Les Colonnes du ciel (1. La Saison des loups; 2. La Lumière du lac; 3. La Femme de guerre; 4. Marie Bon Pain; 5. Compagnons du Nouveau-Monde).
Édit. J'ai Lu : Tiennot.
Édit. Albin Michel : Le Royaume du Nord (1. Harricana; 2. L'Or de la terre; 3. Miséréré; 4. Amarok; 5. L'Angélus du soir; 6. Maudits Sauvages). — Quand j'étais capitaine.

Nouvelles

Édit. Robert Laffont : L'Espion aux yeux verts.
Édit. André Balland : L'Iroquoise. — La Bourrelle. — L'Homme du Labrador.

Divers

Édit. du Sud-Est : Paul Gauguin.
Édit. Norman C.L.D. : Célébration du bois.
Édit. Bordas : Léonard de Vinci.
Édit. Robert Laffont : Le Massacre des innocents. — Lettre à un képi blanc.
Édit. Stock : Écrit sur la neige.
Édit. du Chêne : Fleur de sel (photos Paul Morin).
Édit. universitaires Delarge : Terres de mémoire (avec un portrait par G. Renoy, photos J.-M. Curien).
Édit. Berger-Levrault : Arbres (photos J.-M. Curien).
Édit. J'ai Lu : Bernard Clavel, qui êtes-vous? (en coll. avec Adeline Rivard).
Édit. Robert Laffont : Victoire au Mans.
Édit. H.-R. Dufour : Bonlieu (dessins J.-F. Reymond).
Édit. Duculot : L'Ami Pierre (photos J.-Ph. Jourdin).
Édit. Actes Sud : Je te cherche, vieux Rhône.
Édit. Albin Michel : Le Royaume du Nord (photos J.-M. Chourgnoz).
Édit. Hifach : Contes du Léman (illustrations J.-P Rémon).

Pour enfants

Édit. La Farandole : L'Arbre qui chante. — A Kénogami.
Édit. Casterman : La Maison du canard bleu. — Le Chien des Laurentides.
Édit. Hachette : Légendes des lacs et rivières. — Légendes de la mer. — Légendes des montagnes et forêts.
Édit. Robert Laffont : Le Voyage de la boule de neige.
Édit. Delarge : Félicien le fantôme (en coll. avec Josette Pratte).
Édit. École des Loisirs : Poèmes et comptines.
Édit. de l'École : Rouge Pomme.
Édit. Clancier-Guénaud : Le Hibou qui avait avalé la lune.
Édit. Rouge et Or : Odile et le vent du large.
Édit. Flammarion : Le Mouton noir et le loup blanc. — L'Oie qui avait perdu le Nord. — Au cochon qui danse.
Édit. Albin Michel : Le Roi des poissons.
Édit. Nathan : Le Grand Voyage de Quick Beaver.
Édit. Claude Lefranc : La Saison des loups (bande dessinée par Malik).

*La composition de ce livre
a été effectuée par Bussière à Saint-Amand,
l'impression et le brochage ont été effectués
dans les ateliers de la S.E.P.C. à Saint-Amand-Montrond (Cher)
pour les Éditions Albin Michel*

Achevé d'imprimer en mai 1990
N° d'édition : 11006. N° d'impression : 10478-2674.
Dépôt légal : mai 1990.